Nouveau
Cahier du jour
Cahier du soir

4e

13-14 ans

Français

W0363711

Auteurs
Florence Randanne
Stéphane Devin
Sophie Dubus
Professeurs de Français au collège

MAGNARD

Présentation

Un cahier complet

- **Ce cahier de Français, destiné aux élèves de 4e, est conforme aux derniers programmes.**

Il reprend toutes les notions et couvre tous les domaines :
– Grammaire
– Conjugaison
– Vocabulaire
– Orthographe

- **La rubrique « Observer et retenir »** propose toutes les **règles** accompagnées d'**exemples**, avec des **astuces** pour tout comprendre.

- **La rubrique « S'entraîner »** propose des **exercices progressifs** pour réinvestir les acquisitions. Ils sont classés par niveau de difficulté (de ★ à ★★★).

- À la fin de chaque page, l'élève est invité à **s'auto-évaluer**.

➜ *Les corrigés détachables sont situés au centre du cahier.*

Un mémento visuel

Un mémento avec l'essentiel à retenir en Français 4e :
pour une mémorisation visuelle efficace !

➜ *À détacher au centre du cahier et à conserver toute l'année.*

Achevé d'imprimer en France par Imprimerie IPS
Dépôt légal : Décembre 2018 – N° éditeur : MAGSI20191127

POUR LE CAHIER :
Illustration de couverture : Auren – **Illustrations intérieures :** Jean-Luc Guérin
Conception graphique (couverture) : Yannick Le Bourg et Raphaël Hadid – **Mise en pages :** Facompo

POUR LE MÉMENTO VISUEL DÉTACHABLE :
Illustrations : Aurélie Verdon – **Mise en pages :** Linéale

Sommaire

GRAMMAIRE ET CONJUGAISON

VOCABULAIRE

ORTHOGRAPHE

ANNEXES

Mémento visuel détachable

Corrigés détachables au centre du cahier

1 Le nom

→ Corrigés p. II

Observer et retenir

■ Le **nom** est le **noyau** du groupe nominal (GN) : *des lunettes noires.*
- Il est généralement précédé d'un **déterminant** : *cet ordinateur, le poney, du gâteau.*

■ Il désigne des êtres, des choses, des idées, des actions. On distingue :
– les noms **propres** (*Toulouse*) ou **communs** (*des violettes*) ;
– les noms **animés** (*le technicien*) ou **inanimés** (*ce rouleau*) ;
– les noms **concrets** (*un artichaut*) ou **abstraits** (*la vertu*) ;
– les noms **masculins** (*le stade*) ou **féminins** (*la piscine*) ;
– les noms **dénombrables** (*des tartes*) ou **non dénombrables** (*du beurre*) ;
– les noms **collectifs** (*un troupeau*) ;
– les noms **composés** (*un arc-en-ciel*) ou **simples** (*un arc*).

■ Lorsque l'on reformule un texte ou que l'on veut donner plus de relief à une expression, on peut transformer en nom un mot d'une autre nature en lui attribuant un **déterminant**. On parle alors de **substantivation**.

Exemples *le beau* (adjectif), *le coucher* (infinitif), *le sucré* (participe)

■ On peut aussi remplacer toute une proposition par un **groupe nominal**. Cette transformation, appelée **nominalisation**, se fait à partir :
- d'un verbe : *Les lumières s'éteignent.* → *L'extinction des lumières ;*
- d'un adjectif : *Nous apprécions qu'il soit aimable.* → *Nous apprécions son amabilité.*

■ Un nom qui peut se substituer à plusieurs autres noms parce qu'il possède un sens englobant tous les autres est un **nom générique**. Il rassemble tout un ensemble de choses ou de personnes sous une même catégorie.

Exemple *siège* englobe *fauteuil, chaise, tabouret*, etc.

S'entraîner

1 ★ Pour chaque ensemble de noms, proposez le nom générique qui convient.

Exemple *manuel – dictionnaire – volume – opuscule – recueil* → *livre*

1. puceron – cafard – fourmi – mouche – papillon → ....
2. saucisson – pâté – salami – andouille – jambon → ....
3. château – taudis – baraque – immeuble – villa → ....

2 ★ Classez les noms suivants dans le tableau et indiquez dans la première ligne un nom générique qui les réunit.
massue – vaurien – chou – révolver – paquebot – religieuse – vache – clafoutis – épée – chalutier – couteau – cheval – far – dauphin – canot – baleine

3 ★★ À quelle catégorie appartient chacun des mots suivants ?

Exemple *hémisphère → nom commun masculin concret inanimé dénombrable.*

1. extraterrestre → ....

2. stupéfaction → ....

3. putois → ....

4. justice → ....

5. famille → ....

4 ★★ Procédez à la nominalisation des propositions suivantes.

Exemple *L'équipe des Chicago Bulls est supérieure. → Supériorité de l'équipe des Chicago Bulls.*

1. L'eau de la piscine est sérieusement polluée.
→ ....

2. La banque a été attaquée par trois vieillards masqués.
→ ....

3. Aujourd'hui, on lave les voitures gratuitement !
→ ....

4. Notre établissement est connecté à Internet.
→ ....

5. Ta chambre a été inondée.
→ ....

6. Le match de tennis a été bref.
→ ....

7. Les ligaments ont rompu !
→ ....

8. Les hostilités ont repris en Moldavie.
→ ....

5 ★★★ Un intrus s'est glissé dans chaque liste de noms : retrouvez-le et précisez pourquoi vous le distinguez des autres.

1. le beau – le bien – le mal – le passé – la vérité – les faits
....

2. un croque-monsieur – un lave-vaisselle – un sèche-linge – un tire-bouchon – un chef-lieu
....

3. des pâtes – du chou – du vin – de la crème – des cailloux – du sable
....

4. un voyou – un trou – un genou – un gnou – un fou – un matou
....

5. le parfum – la rose – la table – le savon – la recherche – le nez – le flacon
....

6. la douceur – la mollesse – la rugosité – la verdeur – la blancheur – la réalisation
....

7. l'allégresse – l'extinction – la réflexion – la participation – l'interdiction
....

6 ★★★ Transformez les phrases suivantes afin de remplacer les verbes soulignés par un infinitif substantivé ou un nom.

Exemple *Viens voir le soleil se coucher. → Viens voir le coucher de soleil.*

1. J'adore me promener dans mon jardin quand le soleil se lève.
→ ....

2. Peux-tu m'indiquer comment on prépare les tartelettes amandines ?
→ ....

3. Marion ignorait que vous veniez dimanche.
→ ....

Auto évaluation Très bien ☐ Bien ☐ Pas assez bien ☐

2 Les déterminants du nom : articles et adjectifs

→ Corrigés p. II

Observer et retenir

■ Les **déterminants** appartiennent au groupe nominal. Ils introduisent le nom noyau et s'accordent en genre et en nombre avec lui.

■ Ils sont soit **définis** par le contexte (*Il a lu un livre. Ce livre était un roman.*) ou la situation d'énonciation (*Papa, tu me donnes ton stylo ?*), soit **indéfinis** lorsqu'ils représentent un être ou une chose non identifiable avec précision (*Il était une fois un monstre velu...*).

■ Parmi les déterminants, on trouve :

- **Les articles :**
  - **indéfinis** : *un, une, des*
  - **définis** : *le, la, les*
  - **partitifs** : *du, de l', de la, des*

Attention

L'article défini peut également précéder un nom connu par l'expérience commune (*la pluie*), par son unicité (*l'Univers*), ou dans un sens général (*le lion est le roi des animaux*).

Rappel

L'article partitif désigne la partie d'un tout, une quantité indéterminée. (**Ex.** : *Désirez-vous* ***du*** *gâteau ?*)

- **Les déterminants :**
  - **possessifs** : *mon, ton, son, mes, leur, leurs,* etc.
  - **démonstratifs** : *ce, cet, cette, ces*
  - **démonstratifs composés** : *ce...-ci, ces ...-là,* etc.
  - **indéfinis** : *tout(e), toute(s), même, chaque, autre, plusieurs, quelques, divers,* etc.
  - **interrogatifs** : *quel, quels, quelle, quelles*
  - **exclamatifs** : *quel, quels, quelle, quelles*
  - **numéraux cardinaux** : *un, deux, cinq, vingt, cent, mille,* etc.
  - **numéraux ordinaux** : *premier, second, deuxième, huitième,* etc.

S'entraîner

1 ★ Soulignez les déterminants et indiquez au-dessous leur nature.

1. Un jour, pendant les vacances, nous sommes allés sur la plage de Berck. Cette journée était ensoleillée,

....

mais quel vent ! Plusieurs cerfs-volants décoraient le ciel de leurs mille couleurs. Ce spectacle était magnifique.

....

2. Pour Halloween, mon oncle a acheté une grosse citrouille et quelques déguisements.

....

3. Si tu dors dans ce château, achète de l'ail pour éloigner les vampires !

....

2 ★★ Justifiez l'emploi de l'article défini (en rouge) dans les phrases suivantes.

Exemple *La neige sera abondante au-dessus de 2 000 mètres. → Connu par l'expérience commune.*

1. Tu es toujours dans **la** lune.

→ ....

2. Sais-tu que **l'**Univers est en perpétuelle expansion ?

→ ....

3. **La** Russie est-elle un pays d'Europe ?

→ ....

4. **Le** chien est le meilleur ami de l'homme.

→ ....

5. **Les** oreilles de ta grand-mère sont très longues.

→ ....

6. C'est normal, c'est **le** grand méchant loup.

→ ....

7. **Le** vent est indispensable pour faire du char à voile.

→ ....

3 ★★ Accordez les déterminants avec les noms qu'ils introduisent.

Cet...... été entre filles fut inoubliable. Chaqu...... journée fut un.......... grand moment. Quel.......... beaux souvenirs ! Tou.......... le.......... jours, nous trouvions mill........ occupations : promenade, visite, baignade. Aucun...... d'entre nous ne s'est ennuyée. Depuis notr.......... retour, nous nous sommes revues quelqu.......... fois pour évoquer no.......... souvenirs et nous envisageons de repartir un.......... été ensemble.

4 ★★★ Indiquez si *du* est article partitif ou article défini contracté.

1. J'aime le son **du** tambour.

....

2. Il a perdu les clés **du** restaurant.

....

3. Reprends **du** cake si tu veux.

....

4. Elle habite rue **du** Temple.

....

5. Remets **du** rouge sur tes joues.

....

6. Cet oiseau a **du** plomb dans l'aile.

....

5 ★★★ Ponctuez les phrases selon que *quel* est un déterminant interrogatif ou un déterminant exclamatif.

1. Quel aplomb il a, ce garçon............
2. Quel âge a donc ce garçon............
3. Peux-tu me dire quelles chaussettes je porte ....
4. Quel imbécile............
5. Quel imbécile a mis du sel dans mon café............
6. Sais-tu quelle sorte de soupe ton frère t'a servie............
7. Une soupe aux yeux de snark, quelle honte............

6 ★★★ Complétez les phrases avec les déterminants indéfinis qui conviennent.

nul – mille – quelques – tous – chaque

<u>Les conseils d'une fée pour rester jeune</u>

.... cuillerées de lait de papillon tu boiras.
Et les pétales, ... les pétales d'une rose tu mangeras.
.... matin, un cheveu d'ange tu couperas.
Mais .... corbeau tu n'écouteras.
Tu verras que .... ans tu vivras si tu ne le répètes pas.

Auto évaluation Très bien ☐ Bien ☐ Pas assez bien ☐

3 Les pronoms

→ Corrigés p. II

Observer et retenir

■ Les **pronoms personnels** reprennent et remplacent :
- Un nom ou un groupe nominal → *Ton frère doit dormir, il ne dit plus rien.*
- Un adjectif qualificatif ou un participe passé → *Suis-je belle ? Oui, tu l'es.*
- Un infinitif (ou groupe infinitif) → *J'adore chanter. Avec ta voix de fausset, tu ne devrais pas t'y risquer !*
- Une proposition → *Il est déjà parti, j'en suis sûre.*

■ Ils ont des formes variables selon **la personne** (*nous, ils*, etc.), **le genre** (*il, elle*, etc.), **le nombre** (*il, ils*, etc.), **la fonction** (*je, me*, etc.).

Fonction	Formes variables						Formes invariables
	Singulier			Pluriel			
	1re pers.	2e pers.	3e pers.	1re pers.	2e pers.	3e pers.	
Sujet	je	tu	il/elle/on	nous	vous	ils/elles	*y*/*en* pronoms adverbiaux 3e pers. sing. et pl. – **circonstanciels de lieu** (compléments de phrase) – **compléments d'objet** ou **de détermination** (Ils ont alors un rôle de pronoms personnels.)
COD (complément du verbe)	me	te	le/la/l'	nous	vous	les	
COI (complément du verbe)	me	te	lui	nous	vous	leur	
Forme réfléchie (renvoie au sujet)	me	te	se/soi (forme accentuée)	nous	vous	se/leur (forme accentuée)	
Forme accentuée après une préposition ou si le pronom est apposé	moi	toi	lui/elle	nous	vous	eux/elles	

■ Les **pronoms possessifs**, **démonstratifs**, **interrogatifs** et **indéfinis** remplacent le plus souvent un GN précédé d'un adjectif possessif, démonstratif, interrogatif ou indéfini.

• Les **pronoms possessifs** (*le mien, le tien, les nôtres, les vôtres, les leurs, la sienne*, etc.) varient selon le genre et le nombre de l'objet possédé et selon la personne et le nombre du possesseur.

Exemple *J'ai oublié mes patins à glace, pouvez-vous me prêter les vôtres ?*

• Les **pronoms démonstratifs** (*ce/c', ceci/ça, celui-ci/celui-là, celle, ceux, celles*, etc.) ont une forme simple (*celui*) ou une forme composée (*celui-ci*).

Exemple *J'ai déjà goûté tous ces gâteaux, je te conseille celui-ci.*

> **Remarque**
> *-ci* s'utilise pour ce qui est proche dans l'espace ou dans le temps, *-là* pour ce qui est éloigné.

• Les **pronoms interrogatifs** (*qui, que/qu', quoi, lequel, laquelle, lesquels*, etc.) ont une forme simple (***qui***) ou une forme composée (***lequel***).

Exemple *Je ne les ai pas vus partir ; lequel d'entre eux a pris ma voiture ?*

• Les **pronoms indéfinis** (*rien, personne, on, tout, chacun, aucun, l'un, l'autre, la plupart, les mêmes*, etc.) représentent une chose ou une personne qui n'est pas individuellement repérable. Il existe des formes variables (***tout, tous***) et des formes invariables (***rien***).

Exemple *Tout est prêt.*

• Les **pronoms relatifs** ont une forme simple (***qui, que, dont***, etc.) ou composée (***lesquelles***, etc.).

Exemple *Voici le chat qui tue le plus de souris à la minute.*

S'entraîner

1 ★ Relevez les pronoms, précisez leur nature et indiquez ce qu'ils représentent quand ils renvoient à un élément de la phrase.

1. Le livre d'histoire ? Je l'ai apporté. ....
2. Encore un effort... Voilà, vous y êtes ! ....
3. Les fantômes, je n'y crois pas, les châteaux ne m'intéressent pas ; je n'ai aucune raison de vous rejoindre en Écosse cet été ! ....
4. J'attendais Lou, Fatou et Nina mais aucune n'est venue... ....
5. Je veux tout, tout de suite ! ....

2 ★★ Récrivez les phrases en remplaçant les mots en orange par des pronoms.

1. Te souviens-tu de **cet homme si bizarre** ?
....
2. Vas-tu à **Rio** cet été ? Moi, je reviens d'**Acapulco**.
....
3. Est-elle vraiment **en colère** ?
....
4. Avez-vous pris **la planche à voile** ? Ils ont pris **leurs palmes**. ....
5. Est-ce toi qui as mangé toutes **les frites** ?
....
6. Ne prends pas **ces sardines**, elles ne sont pas **fraîches** ! ....

3 ★★ Mettez les phrases à la forme négative, en faisant les transformations qui s'imposent.

1. Elle a tout fait.
....
2. Chacun est censé ignorer la loi.
....
3. Tout le monde te croira.
....
4. Je connais cela.
....
5. Lesquels de ces livres as-tu déjà lus ?
....
6. Des phoques, j'en ai vu quelques-uns sur la banquise.
....
7. Je sais tout !
....

4 ★★★ Complétez les extraits avec les pronoms proposés.

1. ***ce – ce qui – les – il – on – un autre – c'***

Quand un patient mourait, tout .... qu'......... avait de bon servait à rapetasser les membres d'................., et ainsi de suite ; .... donnait le plus de fil à retordre, ... étaient les intestins : une fois déroulés, ... ne savait plus comment .... replacer.

D'après Italo Calvino, *Le Vicomte pourfendu*.

2. ***y – ils (4 fois) – les autres – leur – ça***

Autrefois, les ânes étaient tout à fait sauvages, c'est-à-dire qu'............ mangeaient quand .... avaient faim [...] et qu'............ couraient dans l'herbe quand .... faisait plaisir.
Quelquefois, un lion venait qui mangeait un âne ; alors tous .... se sauvaient en criant comme des ânes, mais le lendemain, ... n' .... pensaient plus et recommençaient à manger.

D'après Jacques Prévert, *Histoires*, « Les premiers ânes », Gallimard, 1963.

Auto évaluation — Très bien ☐ Bien ☐ Pas assez bien ☐

4 Les adverbes : formation et fonctions

→ Corrigés p. II

Observer et retenir

■ Les adverbes sont des mots **invariables** qui peuvent **modifier le sens** d'un autre mot (*je suis très intelligent*), être **compléments circonstanciels** – ou CC – (*nous arriverons demain*), ou encore **déterminants** – adverbes de quantité (*beaucoup de touristes viennent sur cette île*).

■ Il y a aussi :
- des adverbes d'**opinion** (*non, oui, certainement*, etc.) ;
- des adverbes de **négation** (*ne pas, ne que*, etc.) ;
- des adverbes d'**interrogation** (*pourquoi, quand, comment*, etc.) ;
- des adverbes de **liaison** (*puis*, etc.).

■ Certains adverbes sont formés à partir d'un adjectif :
- adjectifs en ***-ant*** → adverbes en ***-amment*** (*savant* → *savamment*) ;
- adjectif en ***-ent*** → adverbes en ***-emment*** (*prudent* → *prudemment*) ;
- adjectifs terminés par une consonne → adjectif au féminin + ***-ment*** (*passif* → *passive* → *passivement*) ;
- adjectifs terminés par une voyelle → adjectif au masculin + ***-ment*** (*vrai* → *vraiment*).

Attention
Parfois, on ajoute un accent aigu : *confusément.*

Attention
Exceptions : *gai* → *gaiement* ; *gentil* → *gentiment.*

S'entraîner

1 ★ Formez des adverbes à partir de ces adjectifs.

1. frais → ....
2. conscient → ....
3. sain → ....
4. final → ....
5. conforme → ....
6. absolu → ....
7. bref → ....
8. amoureux → ....
9. galant → ....
10. bruyant → ....
11. cordial → ....
12. intense → ....

2 ★ Remplacez le nom et l'adjectif soulignés par un verbe et un adverbe de sens équivalent.

Exemple *On annonce une baisse prochaine de la température.* → *On annonce que la température baissera prochainement.*

1. En safari, on demande toujours aux touristes le respect scrupuleux des consignes.
→ ....
....

2. Tu parles à tes parents en craignant leur réaction furieuse.
→ ....
....

3. Le président fit une brève apparition.
→ ....

3 ★★ Complétez le tableau en choisissant, pour chaque mot ou groupe de mots en orange, la nature et la fonction qui conviennent.

	Nature		Fonction	
	Adverbe	prép. + GN	CC manière	CC temps
1. Il est arrivé **tard**.				
2. Il marchait **d'un pas alerte**.				
3. Il marchait **lentement**.				
4. **À la tombée de la nuit**, Dracula sort…				
5. Le train est arrivé **avec beaucoup de retard**.				
6. **Après d'interminables discussions**, on leva la séance.				
7. **Dès son arrivée**, tout le monde se tut.				

4 ★★ Entourez l'intrus dans chaque liste de mots.

1. linéairement – ligament – libéralement – longuement – lentement

2. redoutablement – redoublement – réellement – relativement – réglementairement

3. carrément – candidement – cantonnement – cavalièrement – catégoriquement

4. fièrement – fiévreusement – finalement – fixement – fléchissement – fidèlement

5. activement – adhérent – adroitement – admirablement – adorablement

6. périodiquement – précieusement – poliment – plissement – platement

7. étroitement – évènement – évidemment – exactement – éternellement

5 ★★★ Précisez la nature des adverbes en rouge (opinion, interrogation, négation, liaison, temps, manière, quantité).

1. – Hector, passez-moi mes chaussons, **puis** préparez du thé. ……………………………

2. – **Certainement** monsieur. Monsieur a **bien** dormi ? ……………………………

3. – **Pourquoi** cette question, Hector ? ……………………………

4. – Je **ne** voudrais **pas** que monsieur soit fatigué. ……………………………

5. – **Comment** pourrais-je l'être ? J'ai choisi la solitude… ……………………………

6. – Je **ne** crois **pas**, monsieur, les journalistes sont là. ……………………………

7. – **Non** ? ……………………………

8. – **Parfaitement**, monsieur. ……………………………

6 ★★★ Soulignez les adverbes et précisez leur fonction : CCtemps, CClieu ou CCmanière.

1. Conduisez prudemment ! ……………………………

2. Je n'arrive pas à te suivre, tu marches trop vite ! ……………………………

3. Il faudra les attendre, ils vont rentrer tard. ……………………………

4. Vous trouverez tout ce qu'il vous faut là-bas. ……………………………

Auto évaluation Très bien ☐ Bien ☐ Pas assez bien ☐

5 La nature (ou classe grammaticale) des mots

→ Corrigés p. II

Observer et retenir

On distingue les mots **variables** et les mots **invariables**.

Mots variables

- Les **noms communs** (*fille, intelligence, cahier*, etc.).
- Les **pronoms personnels** (*lui*), **possessifs** (*la vôtre*), **démonstratifs** (*ce*), **interrogatifs** (*lesquels*), **indéfinis** (*rien*), **relatifs** (*dont*).
- Les **déterminants** :
  - **articles partitifs** (*du*), **définis** (*la*) et **indéfinis** (*un*) ;
  - **déterminants possessifs** (*son*), **démonstratifs** (*ces*), **exclamatifs** (*quel*), **interrogatifs** (*quelles*), **indéfinis** (*quelques*), **numéraux cardinaux** (*un, deux, trois, cent, mille*, etc.).
- Les **adjectifs** (*beau, petite*, etc.).
- Les **adjectifs numéraux ordinaux** (*premier, deuxième*, etc.) appartiennent à cette catégorie.
- Les **verbes** (*pris, choisir, chante*, etc.).

Mots invariables

- Certains **noms propres** (*Emma, Paris*) : ils commencent toujours par une majuscule.
- Les **adverbes** : **circonstanciels** (*ici, demain, mal*), **d'opinion** (*certainement*), **de quantité** (*trop*), **de négation et de restriction** (*ne... pas, ne... que*), **d'interrogation** (*pourquoi*), **de liaison** (*en effet*), **d'exclamation** (*que*), **de manière** (*bien, doucement*).
- Les **prépositions** : *par, pour, près de, avant, sauf, avec, selon*, etc.
- Les **interjections** : *Oh ! Zut ! Aïe !*, etc.
- Les **onomatopées** qui évoquent un bruit lorsqu'on les reproduit : *Toc-toc ! Plouf ! Miaou ! Dring !*, etc.
- Les **conjonctions de coordination** : *mais, ou, et, donc, or, ni, car*.
- Les **conjonctions de subordination** : **de temps** (*quand*), **de but** (*pour que*), **de cause** (*parce que*), **de conséquence** (*si bien que*), **de condition** (*pourvu que*), **d'opposition** (*bien que*), **de comparaison** (*comme*), ou pour introduire **une complétive** (*que*).

S'entraîner

1 ★ Donnez la nature des mots en rouge.

Le barbecue

La semaine dernière, nous sommes allés chez mon oncle, le grand spécialiste du barbecue. Il nous avait promis des gambas grillées et des brochettes. Comme le temps était légèrement humide, il a eu bien du mal à allumer son barbecue. Il a tenté de l'allumer avec de l'alcool à brûler ! Nous avons entendu un gros « boum », vu une grande flamme. Mon oncle s'est retrouvé par terre, la tête toute noire, tous les cheveux carbonisés. Nous avons bien ri quand il a déclaré : « Vous ne trouvez pas que je ressemble à une gamba grillée ? »

1. nous : ....
2. mon : ....
3. grand : ....
4. promis : ....
5. des : ....
6. légèrement : ....
7. l' : ....
8. avec : ....
9. alcool : ....
10. boum : ....
11. toute : ....
12. tous : ....
13. bien : ....
14. que : ....
15. à : ....
16. gamba : ....
17. quand : ....
18. déclaré : ....

2 ★★ **Complétez le tableau en précisant soit la nature, soit la fonction du ou des mots en rouge.**

	Fonction	Nature
Le château d'Élise est **fragile**. Son château paraît **abîmé**. Son château est **une réplique du château de Chambord**.	attribut du sujet	....
Élise **l'**a construit. Elle appelle **Louis**. Elle sait **travailler**. Elle construit **un château de sable**.	COD	....
Elle continue **malgré les vagues**. Elle appelle Louis **bien qu'il soit en train de nager**.	....	préposition + GN proposition subordonnée conjonctive
Élise travaille **soigneusement**. Elle travaille **avec méthode**.	CC manière	....
Élise est fière **de son château**. Elle est sûre **que ses parents la complimenteront**.	....	préposition + GN proposition subordonnée conjonctive
Ses parents trouvent ce château **superbe**.	....	adjectif
Élise prête une pelle **à Louis**. Elle lui propose **de continuer**.	....	préposition + nom préposition + infinitif

3 ★★★ **Les indications données dans ce tableau correspondent-elles à la véritable nature des mots en rouge ?**

Phrase	Nature	Vrai ou faux ?
1. Manon lave sa voiture **tous** les jours.	déterminant indéfini	
2. Elle était **toute** déconcertée !	déterminant indéfini	
3. **Miam-miam !** Quel beau gâteau !	interjection	
4. Marie lit **beaucoup**.	adverbe	
5. Samia a déjà lu **quelque** mille livres.	adverbe	
6. **Avant**, tu faisais moins d'histoires.	préposition	
7. Frapper **avant** d'entrer.	adverbe	
8. Clément pense **que** tu abuses.	pronom relatif	
9. Mais **où** est encore passée Mirza ?	conjonction de coordination	
10. C'est à prendre **ou** à laisser !	pronom relatif	
11. Je veux tes bottes et **ta** moto !	déterminant possessif	
12. Donne-**leur** tes bottes !	pronom personnel	
13. **Leur** moto est en excellent état.	déterminant possessif	
14. Je prendrai **trois** saucisses.	adjectif ordinal	
15. C'est sa **troisième** tentative.	déterminant cardinal	

Auto évaluation Très bien ☐ Bien ☐ Pas assez bien ☐

6 L'attribut du sujet

→ Corrigés p. III

Observer et retenir

■ L'**attribut du sujet**, qui donne une information sur le sujet (identité, qualité, etc.), est mis en relation avec celui-ci par un **verbe d'état** (*être, sembler, devenir, paraître, passer pour*, etc.). Lorsqu'il s'agit d'un adjectif, d'un participe passé ou de la plupart des pronoms, l'attribut du sujet s'accorde avec le sujet.

Exemple *Mes cousines sont furieuses.*

■ La nature de l'attribut du sujet peut être :

– **adjectif** (ou un **groupe adjectival**) → *Il était fou de joie.*
– **participe passé** → *Ce rôti est brûlé !*
– **déterminant interrogatif** ou **indéfini** → *Quel est votre âge ?*
→ *Quelle que soit l'heure, téléphonez-lui.*
– **nom** (ou **GN**) → *Tom est devenu un brillant vétérinaire.*
– **pronom** → *Qui êtes-vous ?*
→ *Il est devenu quelqu'un.*
– **infinitif** (ou **groupe infinitif**) → *Voyager, c'est découvrir des pays et des gens.*
– **proposition subordonnée** → *Le plus comique, c'est qu'il a oublié de venir à son propre anniversaire !*

S'entraîner

1 ★ Encadrez les attributs du sujet et précisez leur nature.

1. Alain-Fournier, l'auteur du *Grand Meaulnes*, est mort jeune. ....
2. Il semble que Chateaubriand n'ait pas vécu très heureux. ....
3. Cette voiture est la mienne ; vous ne la conduirez pas ! ....
4. Que lui avez-vous fait ? Il est revenu affolé ! ....
5. Êtes-vous stupide ? ....
6. Anna est tombée amoureuse de cet homme en quelques secondes ! ....
7. Ils sont revenus enchantés. ....

2 ★★ Dans les phrases suivantes, encadrez le verbe d'état, soulignez son sujet et l'attribut du sujet, puis donnez la nature de celui-ci.

1. Parce que cette voiture n'était plus performante, la firme n'a pas pu faire face à la concurrence. ....
2. Depuis qu'il était étudiant en entomologie, il élevait chez lui des puces et des phasmes. ....
3. Mes pauvres, le professeur d'éducation physique vous a encore fait courir ? Vous semblez épuisés. ....
4. Ce projet s'est révélé l'affaire du siècle. ....
5. Quand il prend la parole en public, est-il toujours aussi sûr de lui ? ....
6. Je trouve qu'il a l'air bête. ....
7. Elle m'a semblé heureuse. ....

Auto évaluation — Très bien ☐ Bien ☐ Pas assez bien ☐

7 L'attribut du COD

→ Corrigés p. III

Observer et retenir

■ L'**attribut du COD** est mis en relation avec le COD par l'intermédiaire d'un **verbe transitif**. Il donne une information sur l'identité ou une particularité du COD.

Exemple *Tout le monde considère ce chien comme méchant.*

■ L'attribut du COD est, le plus souvent :
– un **adjectif** ou un **participe passé** ;
– un **nom** ou un **groupe nominal**

Exemple *Elle prend son frère pour un idiot.*

Astuce
Pour le reconnaître, transformez la phrase à la forme passive : le COD devient sujet du verbe, et l'attribut du COD devient attribut du sujet.
→ *Ce chien est considéré comme **méchant** par tout le monde.*

S'entraîner

1 ★ Repérez-vous dans ces phrases un attribut du COD ? Si oui, encadrez-le et indiquez le COD dont il est l'attribut.

1. À force de lire ces histoires sans intérêt et insipides, tu vas te rendre idiot ! ....
2. Les épinards rendent les enfants costauds. ....
3. Rends-moi mon petit dictionnaire ! ....
4. D'un coup de baguette magique, la fée a rendu le monstre tout petit. ....
5. Tu m'as rendu un fier service ! ....
6. Bravo ! Tu as rendu tes parents fiers de toi. ....
7. En l'embrassant, la belle a rendu au prince son apparence originelle. ....
8. Vous m'avez rendu fou d'amour… ....

2 ★★ Soulignez l'attribut du COD. Mettez ensuite les phrases à la forme passive et soulignez, cette fois, le sujet.

1. Karim l'a prise pour quelqu'un d'autre !

....

2. Sophie considère Léa comme sa meilleure amie.

....

3. Les professeurs me jugent intelligente.

....

4. Les jurés le croient innocent.

....

3 ★★★ Soulignez en rouge les COD et en bleu les attributs du COD.

Remarque
Il arrive que l'attribut du COD soit placé **avant** le COD.

1. Le professeur a déclaré obligatoire que les élèves soient présents aux cours de soutien. – 2. Je tiens cet homme pour un fieffé menteur. – 3. Arthur trouve stupide de courir derrière un ballon ; il considère le hockey comme un sport bien plus intelligent. – 4. Sonya se prétend bonne cuisinière ; je tiens pour vrai ce qu'elle dit. – 5. Oscar est tellement myope qu'il a pris cette vache pour un bison ! – 6. Il ne faut pas me prendre pour un imbécile… – 7. À quelques jours de la finale, on présente l'équipe d'Australie comme la grande favorite. – 8. Depuis le début des vacances, je trouve Élise agitée ! – 9. Je considère Paul comme mon frère. – 10. La classe a élu Clara déléguée. – 11. Je te trouve resplendisante ! – 12. Cette aventure l'a rendu plus sûr de lui. – 13. Pour qui me prenez-vous ?

Auto évaluation Très bien ☐ Bien ☐ Pas assez bien ☐

8 Les fonctions de l'adjectif

→ Corrigés p. III

Observer et retenir

- L'adjectif **épithète** fait partie du groupe nominal.

Exemple *Ce film comique me fait beaucoup rire.*

- L'adjectif **épithète détaché** est séparé du groupe nominal (ou du pronom) par une virgule.

Exemple *Comique, ce film me fait beaucoup rire.*

- Un adjectif est **attribut** du sujet ou du COD quand la relation entre cet adjectif et le sujet ou le COD est rendue possible grâce à un verbe. L'attribut nous renseigne toujours sur l'état, l'identité ou une qualité du sujet ou du COD.

Exemple *Comme ce film est **comique** !* → **attribut du sujet**
(verbe d'état)

*Grâce à son talent, cet acteur a rendu le film **comique**.* → **attribut du COD**
(verbe d'action)

S'entraîner

1 ★ Les mots en rouge sont-ils des adjectifs ou des participes passés (nature) ? Précisez s'ils sont épithètes ou épithètes détachés (fonction).

1. **Énorme**, ce lapin ne rentrera pas dans la cage !

....

2. On vendait sur le marché d'**énormes** lapins.

....

3. Un lapin **énorme** traversa soudain la route.

....

4. **Vénéneuses**, les colchiques qui poussent dans les prés peuvent empoisonner les vaches.

....

5. Dans ce champ poussent des champignons **vénéneux**.

....

6. Personne ne croira cette histoire **absurde** !

....

7. **Épuisé**, il s'endormit à table...

....

8. Cette carte permet de repérer le chemin **parcouru**.

....

2 ★ Les adjectifs en couleur sont-ils épithètes (E) ou attributs du sujet (AS) ?

1. Cette voiture **rouge** coûte quinze mille euros. .... – 2. Tu as acheté une voiture **neuve** ? Tu es **fou** ! Ton compte en banque est **vide** et tes placements **boursiers** ont perdu toute leur valeur... .... – 3. Le temps s'annonce **maussade** aujourd'hui. .... – 4. Le temps **maussade** les a dissuadés de faire du voilier. .... – 5. Il prétend que les arbres de cette forêt sont tous **centenaires**. .... – 6. La hyène **rieuse** pousse d'**étranges** cris dans la plaine **désertique** .... – 7. La hyène est **rieuse** ; pourtant elle ne semble pas **populaire** ! .... – 8. Ce château est hanté par un **vieux** fantôme. .... – 9. Je sais que ce fantôme est **vieux** car son linceul est **fripé**. ....

3 ★ Indiquez si les adjectifs et les participes passés en rouge sont épithètes ou attributs du COD.

Exemple *Je connais un homme fou.* (adjectif épithète) *Tu me rends fou.* (attribut du COD)

1. Je vois un chat **noir**. .... – **2.** Cette lessive rend réellement le linge **blanc**. .... – **3.** L'orage l'a rendu **nerveux**. .... – **4.** J'ai fait d'**horribles** cauchemars. .... – **5.** Dans ce film, le héros combat des monstres **redoutables**. .... – **6.** Stéphanie m'a fait écouter une musique **géniale** ! .... – **7.** Mon parrain m'a offert un **superbe** bracelet pour mon anniversaire. .... – **8.** Vous pouvez tenir pour **définitif** notre accord. .... – **9.** Le professeur déclare l'interrogation **terminée**. ....

4 ★★ Transformez les adjectifs attributs du sujet en adjectifs épithètes détachés.

Exemple *Il est intéressé ; il voudrait s'associer aux Italiens.* → *Intéressé, il voudrait s'associer aux Italiens.*

Aide
Il faut supprimer un verbe dans chacune des phrases.

1. Tu sembles amusée ; tu écoutes cette histoire avec intérêt.

....

....

2. Audrey s'est déclarée fatiguée ; elle ne viendra pas au cinéma avec nous.

....

....

3. Cette villa est charmante ; elle va plaire à ta mère.

....

....

4. Michaël et Fabio paraissent solides ! Ils ont encore gagné le tournoi de tennis.

....

....

5 ★★ Indiquez dans cet extrait la fonction des adjectifs ou participes passés en rouge.

Tandis qu'il finissait de déjeuner, il se sentit **inquiet**. Quelque chose le tracassait. D'abord, il faut que tu trouves un **nouvel** abri. Maintenant qu'il voyait sa grotte au grand jour, il constatait à quel point elle était **vulnérable**. Des graffiti **tracés** au magic marker s'étalaient sur un **gros** rocher **proche**. Cela signifiait que des gens passaient dans le coin et qu'il risquait d'être **découvert**.

D'après Evan H. Rhodes, *Le Prince de Central Park*, trad. Liliane Sztajn, © J'ai lu, 2000.

....

....

....

....

....

....

6 ★★★ Complétez le texte avec les adjectifs proposés, en faisant l'accord si nécessaire. Précisez ensuite leur fonction entre parenthèses.

rongé – ***entêtant*** – ***étrange*** – ***macabre*** – ***tombal*** – ***agité*** – ***plein*** – ***intense*** – ***grand***

Un .... (..................) cimetière sous la lune

Le samedi soir, lorsque la lune est .... (......................), une vie .... (......................) règne dans le grand cimetière. Sur les tombes, s'épanouissent d'........................ (.........................) fleurs .... (.........................), que viennent cueillir des zombies. En respirant leur parfum .... (......................), ces créatures deviennent très .... (......................) et entament une danse rituelle. C'est alors que les pierres .... (......................) se soulèvent et que surgissent des corps à demi .... (......................).

D'après Georges Bernanos, *Les Grands Cimetières sous la lune*, 1938, © Éditions du Seuil, 1995.

Auto évaluation Très bien ☐ Bien ☐ Pas assez bien ☐

9 COD/COI

→ Corrigés p. III

Observer et retenir

■ Le **complément d'objet direct** (COD) et le **complément d'objet indirect** (COI) correspondent à l'être ou la chose sur lequel s'exerce l'action du verbe. Ce sont des **compléments essentiels** du verbe, **on ne peut donc pas les supprimer**.

■ Le **COD** : on l'appelle **direct** car il est introduit **directement**, c'est-à-dire **sans préposition**.

Exemple *Léa mange <u>une framboise</u>.*
COD

■ Le **COI** : on l'appelle **indirect** car il est introduit **par une préposition** (souvent *à* ou *de*).

Exemple *Pablo parle à <u>son frère</u>.*
COI

S'entraîner

1 ★ Soulignez le ou les COD des verbes en couleur et précisez leur nature.

1. Que **dit**-il ? Il **dit** qu'il a chaud !

....

2. Il **prétend** avoir fermé la porte.

....

3. Si tu vas dans les bois, **ramène**-moi un bouquet de muguet.

....

4. Aïcha **aimerait** bien s'occuper de ce chaton.

....

2 ★★★ Encadrez les compléments d'objet et indiquez au-dessous s'ils sont COD ou COI.

1. Que me demandez-vous ? **2.** Je vous invite à nous suivre. **3.** Depuis que Maurice est en prison, je lui apporte

....

des oranges toutes les semaines. **4.** Cette crème empêchera les moustiques de vous piquer. **5.** Les astronautes ont

....

envoyé des messages de paix aux extraterrestres. **6.** Les hommes préhistoriques nous ont laissé des témoignages

....

de leur vie quotidienne sur les murs des grottes. **7.** Je te supplie d'écouter ! **8.** Écoute-moi bien : je te préviens qu'il

....

n'y aura pas de session de rattrapage ; révise ton solfège !

....

Auto évaluation Très bien ☐ Bien ☐ Pas assez bien ☐

GRAMMAIRE ET CONJUGAISON

10 La phrase emphatique

→ Corrigés p. III

Observer et retenir

Pour mettre en valeur un élément de l'énoncé, on peut utiliser les procédés suivants.

■ **L'ajout d'un présentatif** : *c'est… qui ; voici ; voilà ; il y a…*

Exemple *Cassandre avait prédit la guerre de Troie.* → *C'est Cassandre qui avait prédit la guerre de Troie.*

■ **L'inversion du sujet** : placement du sujet après le verbe.

Exemple *Des oliviers poussaient autour du temple.* → *Autour du temple poussaient des oliviers.*

■ **Le détachement** : valorisation d'un élément en le plaçant au début de la phrase, suivi d'une virgule qui le sépare du reste.

Exemple *Les chevaux venaient souvent s'ébattre sur cette colline.* → *Sur cette colline, les chevaux venaient souvent s'ébattre.*

■ **Le redoublement d'un constituant de la phrase**

Exemple *Cassandre avait prédit la guerre de Troie.* → *La guerre de Troie, Cassandre l'avait prédite.*

S'entraîner

1 ★ Nommez les différents procédés de mise en relief et indiquez sur quelle information l'accent est mis.

1. C'est toi qui as mangé le gâteau ?

→ ……………………………………………………………

2. C'est en Grèce que j'ai prévu de passer mes vacances.

→ ……………………………………………………………

3. L'italien, je le parlerai bientôt couramment !

→ ……………………………………………………………

4. Au fond de la vallée coule une rivière.

→ ……………………………………………………………

5. En Inde, la saison des pluies est redoutable !

→ ……………………………………………………………

6. C'est mon voisin qui a donné l'alerte quand le cambrioleur est entré.

→ ……………………………………………………………

7. Avec un vélo si léger, tu remporteras le maillot jaune au Tour de France !

→ ……………………………………………………………

8. Voilà dix ans qu'il est parti.

→ ……………………………………………………………

2 ★★ Récrivez ces phrases neutres afin de mettre en relief l'élément souligné à l'aide des procédés indiqués entre parenthèses.

Exemple *Elle a battu le record de vitesse. (présentatif)*
→ *C'est elle qui a battu le record de vitesse.*

1. Elle a battu *le record de vitesse*. (*redoublement*)

→ ……………………………………………………………

2. Dans les bois, *un loup* se cache. (*inversion du sujet*)

→ ……………………………………………………………

3. Skier *sur cette piste* est dangereux. (*détachement d'un constituant*)

→ ……………………………………………………………

4. Nous louons cette maison *depuis dix ans*. (*présentatif*)

→ ……………………………………………………………

5. Nous louons cette maison *depuis dix ans*. (*détachement d'un constituant*)

→ ……………………………………………………………

6. Nous attendons *depuis trois heures* ! (*présentatif*)

→ ……………………………………………………………

Auto évaluation Très bien ☐ Bien ☐ Pas assez bien ☐

11 Les propositions indépendantes, principales et subordonnées

→ Corrigés p. III

Observer et retenir

Phrase simple

Une phrase simple comporte **une seule proposition**.

Exemple *Cette leçon me passionne.*

Phrase complexe

Une phrase complexe comporte **plusieurs propositions**.

- **Propositions indépendantes**
  - **Juxtaposées** (avec un signe de ponctuation) : *Je regarde ce film, il me passionne.*
  - **Coordonnées** (avec *mais, ou, et, donc, or, ni, car*) : *Je regarde ce film car il me passionne.*
- **Proposition principale + proposition subordonnée**

Exemple *Je regarde ce film qui me passionne.*
verbe principal — verbe subordonné

Remarque
La proposition subordonnée dépend de la proposition principale ; elle ne peut pas fonctionner seule.

Proposition subordonnée

- Lorsqu'elle est introduite par un mot subordonnant, il s'agit d'une proposition :
  - **relative** : *Je regarde ce film qui me passionne.*
  - **interrogative indirecte** : *Je me demande si tu penses à moi.*
  - **conjonctive complétive** : *Mes amis savent que ce film me passionne.*
  - **conjonctive circonstancielle** : *Je regarde ce film parce qu'il me passionne.*
- Lorsqu'il n'y a pas de mot subordonnant, il s'agit d'une proposition :
  - **participiale** : *Je regarde ce film, les acteurs étant remarquables.*
  - **infinitive** : *J'écoute les acteurs dire leur texte.*

S'entraîner

1 ★ Combien y a-t-il de propositions dans ces phrases ? Distinguez chacune d'elles à l'aide de crochets.

1. Je fis signe à Barnabé de se taire, mais il hurla de plus belle. (..................) – **2.** Elle me raconta qu'elle était la grand-mère de Barnabé. (................) – **3.** J'essayai de la rassurer, mais elle semblait de plus en plus inquiète, si bien que je paniquai... (................) – **4.** Dès que j'ôtais ma main de sa bouche, ses cris reprenaient de plus belle. (..............) – **5.** Je secouai l'enfant pour qu'il se taise. (................) – **6.** Tout au long de la conversation, Barnabé n'a cessé de pleurer. (.............) – **7.** Barnabé s'est calmé lorsqu'il a aperçu le chien de sa grand-mère. (.............) – **8.** L'enfant s'est précipité sur le gros chien ; il l'a caressé ; il lui a murmuré à l'oreille et ils se sont allongés tous deux. (.............)

2 ★ Soulignez les propositions subordonnées.

1. Comme le dîner était affligeant, je suis montée dans ma chambre et j'ai révisé mes verbes irréguliers. – **2.** Je me demande souvent si Dieu existe. – **3.** Bien que j'aie pris de bonnes résolutions, ma moyenne n'a cessé de baisser... – **4.** Quand j'étais enfant, je passais mon temps à lire. – **5.** Elle a perdu le foulard que sa mère lui avait prêté. – **6.** Les huîtres n'étant pas fraîches, tous les invités furent malades. – **7.** Tu avais promis que tu viendrais.

3 ★★ Soulignez les propositions subordonnées relatives.

Gustave, qui ne savait même pas encore lire ni écrire, déclara qu'il serait écrivain. À neuf ans, il était déjà l'auteur de nombreuses pièces de théâtre qu'il s'amusait à jouer avec sa sœur et son ami. À dix ans, il entra au collège de Rouen où il fut interne. À vingt-deux ans, il apprit qu'il était atteint de cette maladie que l'on nomme épilepsie. Au Croisset, ses crises s'espacèrent mais Gustave sut que son temps était précieux et qu'il devait le consacrer à la seule chose qui comptait pour lui : la littérature.

4 ★★ Les phrases suivantes sont composées de deux propositions indépendantes juxtaposées. Transformez-les afin d'obtenir une proposition principale et une proposition subordonnée relative.

Exemple *On m'a donné un chaton ; ce chaton est gris. → On m'a donné un chaton qui est gris.*

1. Il commanda une soupe à l'oignon ; il renversa cette soupe sur la tête de son patron.

→ ....

2. Hélène observa la lettre ; cette lettre était pliée de travers.

→ ....

3. Je vous conseille la lecture du roman *Madame Bovary* ; ce roman a été adapté au cinéma.

→ ....

5 ★★ Soulignez les propositions subordonnées participiales quand vous en repérez, et entourez leur sujet. Répondez ensuite à la question.

1. a. Le pétrole étant devenu une substance rare, tous s'efforcent de l'économiser. – **b.** L'arrivée de Vercingétorix ayant été annoncée, les Romains s'enfuirent. – **c.** La gorge nouée par l'angoisse, il fut dans l'incapacité de répondre. – **d.** N'ayant aucune notion de géographie, il marchait au hasard.

2. Leur sujet est-il le même que dans la proposition principale ?

....

6 ★★★ Précisez la nature des propositions en rouge.

Le Morglaf ne réagit pas. Erwan tâta ses blessures. Certaines avaient pris un vilain aspect. À sa respiration haletante, le jeune homme devina que la bête souffrait (1). Quand il effleura le collier à pointes (2), elle émit un grondement sourd mais le laissa faire. En un tournemain, il l'en débarrassa. Puis, il caressa avec douceur les plaies qui suintaient encore (3). [...] Bien qu'il fît encore nuit (4), les quais grouillaient de monde.

D'après Michel Honaker, *Erwan le Maudit*, © Rageot, 2006.

1. ....

3. ....

2. ....

4. ....

7 ★★★ Les propositions des phrases suivantes sont-elles juxtaposées ou coordonnées ? Reliez-les de manière à faire de l'une une principale et de l'autre une subordonnée. Donnez la nature de chaque subordonnée.

1. Théophylus tremblait tellement, il lâcha le chandelier.

....

2. Les deux amis étaient très fatigués : ils avaient couru toute la journée.

....

3. Erwan dut quitter Maureen car les hommes revenaient pour le tuer.

....

4. Il allait enfourcher son cheval : un petit rire étouffé tinta.

....

Auto évaluation Très bien ☐ Bien ☐ Pas assez bien ☐

12 Les propositions subordonnées conjonctives introduites par *que*

→ Corrigés p. IV

Observer et retenir

- Les propositions subordonnées conjonctives introduites par **que** suivent :
  – des verbes de **déclaration** : *chuchoter, marmonner, confier, avouer, dire, promettre, jouer, clamer*, etc.
  – des verbes d'**opinion** : *savoir, croire, penser, considérer, être certain, estimer*, etc.
  – des verbes de **volonté** : *vouloir, souhaiter, imposer, permettre, défendre*, etc.
  – des verbes de **sentiment** : *aimer, craindre, tolérer*, etc.

Exemple *Ce cycliste crie partout que ce vélo est révolutionnaire.*

- Ces propositions introduites par **que** sont le plus souvent des COD du verbe de la proposition principale.
- Elles peuvent aussi être sujet du verbe de la proposition principale.

Exemple *Qu'il devienne champion ne m'étonne pas.*

Attention
Le verbe d'une proposition subordonnée conjonctive qui suit les verbes de déclaration et d'opinion est à l'**indicatif**.
→ *Il précise que son vélo **est** unique.*

Attention
Le verbe d'une proposition subordonnée conjonctive qui suit les verbes de volonté et de sentiment est au **subjonctif**.
→ *Il interdit que les journalistes **prennent** des photos.*

Attention
Ne confondez pas les propositions subordonnées **conjonctives** et les propositions subordonnées **relatives** qui, elles, dépendent d'un antécédent (nom, GN, pronom) qu'elles complètent, et que l'on peut supprimer.

Exemple 1 : *Nous avons acheté le vélo* (antéc.) ***qu'il vantait*** (prop. sub. relative).

Exemple 2 : *Il ne tolère pas* ***que nous ayons acheté ce vélo*** (prop. sub. conjonctive).

S'entraîner

1 ★ Transformez les phrases selon l'exemple proposé.

Exemple *Noé marmonne : « J'ai encore perdu ! »*
→ *Noé marmonne qu'il a encore perdu.*

1. Le batelier déplore : « Ma péniche n'est plus utilisée. »
→ ……………………………………………………
2. Alice suggère : « On mange une glace ? »
→ ……………………………………………………
3. Les élèves bredouillent : « Nous avons oublié notre travail… »
→ ……………………………………………………

2 ★★ Soulignez les propositions subordonnées conjonctives.

1. Que ton père nous ait oubliés est honteux !
……………………………………………………
2. Le plus important était qu'elle chante.
……………………………………………………
3. Ton cousin a écrit qu'il viendrait.
……………………………………………………
4. Il paraît logique que tu aies ton examen.
……………………………………………………

3 ★★ Indiquez si *que* est pronom relatif ou conjonction de subordination.

	Pronom relatif	Conjonction de subordination
1. Dis-lui que nous venons.	☐	☐
2. Il me dit que nous abusons.	☐	☐
3. La guitare que tu vois m'appartient.	☐	☐
4. Assure ta mère que tu es prudent.	☐	☐
5. Prends le disque que tu désires.	☐	☐

4 ★★★ Conjuguez les verbes entre parenthèses au présent de l'indicatif ou du subjonctif.

1. Je préfère qu'elle *(prendre)* .... son chien.
2. La patronne suggère que nous *(aller)* .... en stage.
3. Je sais que le mécanicien *(faire)* .... son possible.
4. Le moniteur impose que nous *(marcher)* .... encore.
5. Je voudrais que tu t'en *(souvenir)* .... longtemps !

5 ★★★ Une fois complétée, cette grille de mots croisés révèlera sept verbes pouvant introduire une proposition subordonnée complétive, introduite par *que*. Quels sont-ils ?

Horizontalement

1. Dire des choses drôles.
2. Elle se plaint souvent – Article défini.
3. Les moutons appartiennent à leur famille – Pour s'asseoir.
4. Pronom personnel 2ᵉ pers. sing. – Prédire.
5. Période très longue – L'acteur joue le sien.
6. Raconte – Préposition.
7. Pronom personnel 2ᵉ pers. sing. – Plante potagère.
8. À l'envers, pâture – Rapporte en moins de mots.
9. Songe – Oiseau.

Verticalement

A. Contester.
B. Certains ratons le font souvent – Aurochs.
C. ...... Baba et les 40 voleurs – Préposition – Contravention.
D. Victoire de Napoléon – À l'envers, article défini.
E. Chuchoter.
F. Plus fort que le roi dans la bataille – Vallées étroites et encaissées.
G. Nuage de gaz et de poussières interstellaires.
H. Cent mètres carrés – Les prisonniers voudraient bien le faire !
I. Ville des Pyrénées-Orientales – Après l'heure, il prend un « e » ; avant, il n'en prend pas.
J. Récrier au subjonctif présent, 3ᵉ pers. sing. – Permet de former le gérondif.

	A	B	C	D	E	F	G	H	I	J
1										
2								■		
3						■				
4			■							
5				■					■	
6		■						■		
7			■							■
8				■						
9					■					

1. ....
2. ....
3. ....
4. ....
5. ....
6. ....
7. ....

Auto évaluation Très bien ☐ Bien ☐ Pas assez bien ☐

13 Les propositions subordonnées conjonctives circonstancielles de temps

→ Corrigés p. IV

Observer et retenir

■ Les propositions subordonnées conjonctives circonstancielles de temps peuvent exprimer le **moment de l'action**.

Exemple 1 *Quand le bateau rentra au port, on découvrit la pêche miraculeuse.*

Exemple 2 *À chaque fois qu'il pleut, le chat se gratte l'oreille.*

■ Elles peuvent aussi apporter une information sur la **chronologie**.

Exemple 1 *Après que l'équipe de France a remporté le dernier match, les supporteurs ont dansé dans la rue.*
L'antériorité (l'action de la subordonnée se situe avant l'action de la principale)

Exemple 2 *Avant que tu fasses de la plongée, il faut que tu apprennes à nager.*
La postériorité (l'action de la subordonnée se situe après l'action de la principale)

Exemple 3 *Jennifer chante pendant que Dan joue du piano.*
La simultanéité (les deux actions ont lieu en même temps)

Attention
Après « après que », le verbe est à l'indicatif.

S'entraîner

1 ★ Quelle nuance de temps identifiez-vous ?

1. Lorsque j'ai voulu toucher le fantôme, mon bras est passé à travers lui ! ....
2. Va vite acheter de l'ail pendant que le vampire dort ! ....
3. Nous commencerons à fouiller le château dès que tu seras arrivé. ....
4. À chaque fois que c'est la pleine lune, les loups de la forêt hurlent. ....
....

2 ★★ Transformez les propositions indépendantes soulignées en propositions subordonnées conjonctives, en les introduisant par la conjonction de subordination appropriée.

1. Elle a rencontré la famille Addams, elle s'habille en noir.
....
2. Je quittai le château, j'eus une étrange sensation.
....
3. J'avançais sur le chemin, j'aperçu une ombre.
....

3 ★★★ Conjuguez les verbes correctement, en étant particulièrement attentif(ve) au mode (indicatif ou subjonctif).

1. Tandis que le touriste *(lire)* .... le plan, le pickpocket a volé son portefeuille.
2. Tu sortiras quand tu *(ranger)* .... ta chambre.
3. Il s'est mis à pleuvoir juste après que nous *(sortir)* ....
4. Dépêchons-nous de tout ranger avant qu'ils n'*(arriver)* ....
5. Tant que le soleil *(briller)* .... nous resterons à la plage.

Auto évaluation Très bien ☐ Bien ☐ Pas assez bien ☐

14 Les subordonnées circonstancielles de cause, de conséquence et de but

→ Corrigés p. IV

Observer et retenir

■ La cause met en évidence l'**origine d'un fait**.

Les propositions subordonnées conjonctives de cause sont introduites par : ***parce que, comme, puisque, sous prétexte que, étant donné que***.

Exemple *Le vampire vient en ville parce qu'il a besoin de sang frais.*

■ La conséquence insiste sur le **résultat**.

Les propositions subordonnées conjonctives de conséquence sont introduites par : ***si bien que, de sorte que, si... que, tellement... que, assez... pour***.

Exemple *Le vampire a besoin de sang frais, si bien qu'il vient en ville.*

■ Le but est le **résultat visé**, ce pour quoi on agit.

Les propositions subordonnées conjonctives de but sont introduites par : ***afin que, pour que, de peur que***, etc.

Exemple *Le vampire se rend en ville, de peur que le sang ne manque.*

Rappel

La cause, la conséquence et le but peuvent s'exprimer de plusieurs manières, parmi lesquelles les propositions subordonnées. La cause et la conséquence sont liées : on choisit de mettre en valeur l'une ou l'autre.

Remarque

Le verbe se conjugue au subjonctif.

S'entraîner

1 ★ Soulignez l'expression de la cause et indiquez s'il s'agit d'une proposition subordonnée (PS) ou pas.

1. Puisque le professeur était de mauvaise humeur, nous avons sorti nos cahiers tout de suite. .... – **2.** Par ta faute, nous sommes arrivés en retard ! .... – **3.** Comme nous t'attendions, nous avons raté le train. .... – **4.** J'ai soif : prenons un verre dans ce café ! ....

2 ★★ Indiquez si les propositions subordonnées expriment la cause, la conséquence ou le but.

1. Karim réussit si bien les crêpes que j'en mangerais des dizaines ! ....

2. Étant donné que nos parents sont partis, nous pouvons faire ce que nous voulons ! ....

3. Nous irons en Corse en bateau puisque Pauline a peur en avion. ....

4. Il faut t'entraîner sérieusement pour que tu puisses réussir. ....

3 ★★★ Transformez les phrases pour obtenir des propositions subordonnées circonstancielles.

1. Nino n'a pas pu sortir son nouveau vélo : il pleuvait.

....

2. J'aime cette chanteuse : j'irai à tous ses concerts !

....

3. Il fait chaud : nous partons à la plage.

....

4. J'ouvre la fenêtre ; j'ai chaud.

....

Auto évaluation Très bien ☐ Bien ☐ Pas assez bien ☐

15 Les connecteurs logiques

→ Corrigés p. IV

Observer et retenir

■ Les connecteurs logiques sont des mots (**adverbes** : *premièrement, pourtant* ; **conjonctions de coordination** : *car, donc* ; **conjonctions de subordination** : *parce que, quoique*) qui établissent une **relation logique** entre deux phrases, deux paragraphes, deux idées.

■ Voici les principaux connecteurs logiques et les relations logiques qu'ils supposent :

Relations logiques	Addition et analogie	Opposition et contradiction	Cause et explication	Conséquence et conclusion
Connecteurs logiques	*premièrement, deuxièmement, et, aussi, de plus, par ailleurs, également, de même*	*mais, pourtant, cependant, néanmoins, en revanche, au contraire, malgré, quoique*	*car, parce que, puisque, en effet, de fait, étant donné que, vu que*	*donc, par conséquent, ainsi, de sorte que, si... que, tellement que*

S'entraîner

1 ★ Soulignez les connecteurs logiques, puis indiquez quelle relation logique ils impliquent.

Qu'en est-il du téléphone mobile ? Tout d'abord, cet appareil révolutionnaire est léger, maniable, discret. Ensuite, il rend d'importants services puisqu'on peut l'emmener partout, à n'importe quel moment. Toutefois, son prix souvent trop élevé le rend inaccessible à certaines personnes. Par conséquent, il s'agit pour les fabricants de trouver la formule qui allie le service et la rentabilité.

Relation(s) logique(s) : ....

....

....

2 ★★ Complétez le texte avec les connecteurs logiques suivants :
en effet – bien que – malgré – ainsi – donc – cependant

.... une différence d'âge notoire, notre champion a réussi l'exploit ! ...., Jérôme Michel, ... quadragénaire, a montré une étonnante forme physique pendant la finale de Roland-Garros ; ...., il s'est octroyé le luxe de ridiculiser son adversaire en lui infligeant une sévère correction ; ...., en homme avisé, il a annoncé son désir de mettre fin à sa carrière. Nous lui souhaitons .... une heureuse retraite !

3 ★★★ Retrouvez la structure du texte suivant en le complétant à l'aide des connecteurs qui conviennent.

mais – d'abord – car – toutefois – ensuite – enfin

Pour accéder à la plage, vous avez le choix : ...., vous pouvez descendre l'escalier qui part du haut de la falaise, ... c'est fatigant ; ...., vous avez le funiculaire, c'est rapide et silencieux. Le prix du ticket est .... élevé ; ...., si vous êtes intrépide, on vous propose une descente en parapente. Dépêchez-vous, ... la marée monte !

Auto évaluation Très bien ☐ Bien ☐ Pas assez bien ☐

16 Les propositions subordonnées relatives

→ Corrigés p. IV

Observer et retenir

■ La **proposition subordonnée relative** est une expansion du nom ou du pronom ; elle dépend toujours d'une proposition principale et ne peut être employée seule.

Exemple *L'homme* ***[qui a été arrêté]*** *était mon voisin !*

antécédent — proposition subordonnée relative

■ La proposition relative a une fonction : elle est **complément** de l'antécédent du pronom relatif.

■ Les pronoms relatifs reprennent des noms ou des pronoms et ont une **forme simple** (*qui, que, quoi, dont, où*) ou **composée** (*lequel, laquelle, desquels, duquel, auquel*, etc.).

■ Le nom ou le pronom repris s'appelle l'**antécédent**.

■ Les **pronoms relatifs** introduisent les propositions subordonnées relatives et la plupart ont les fonctions du nom.

■ Parfois, le verbe de la proposition relative est au subjonctif :
– quand on sous-entend une **incertitude**, quand on envisage l'action dans sa **possibilité**, et non dans sa réalité ;
– quand la proposition relative exprime une **idée circonstancielle** (*Je cherche quelqu'un qui puisse m'aider.*) ;
– quand il y a un **superlatif relatif** (*C'est l'insecte le plus répugnant que je connaisse.*).

S'entraîner

1 ★ Soulignez les propositions subordonnées relatives et encadrez l'antécédent.

Quiconque a un jour dormi à la belle étoile sait à quel point c'est agréable. Je crois que j'aime vraiment sentir la fraîcheur de la nuit qui descend sur moi, alors que je suis au chaud dans mon duvet, dont le tissu me protège de l'humidité. Ce duvet, que Sophie m'a prêté, est celui qu'elle utilise lors de ses randonnées en montagne, et je sais que je ne risque pas de prendre froid car il résiste aux intempéries les plus redoutables.

2 ★★★ Complétez ces phrases en utilisant les pronoms relatifs adéquats.

1. Sophie aime les grands paysages face .... on se sent tout petit.

2. Moi, je préfère les prairies dans .... on entend le mugissement des vaches, et le bord des chemins .... on peut cueillir des fleurs.

3 ★★ Transformez les phrases en évitant la répétition du mot souligné.

Exemple *J'ai les clés d'une voiture. La voiture est rouge.* → *La voiture* **dont** *j'ai les clés est rouge.*

1. Anna a acheté une encyclopédie. L'encyclopédie a coûté cent-cinquante euros.

→ ....

2. Les ouvriers construisent cet immeuble. Les ouvriers sont très nombreux.

→ ....

3. J'ai prêté mille euros à Antoine. Antoine avait un découvert à la banque.

→ ....

4. Le voleur a surgi de la chambre. La chambre était plongée dans l'obscurité.

→ ....

5. J'ai croisé un homme dans la rue. Cet homme m'a semblé suspect.

→ ....

Auto évaluation — Très bien ☐ Bien ☐ Pas assez bien ☐

17 Les voix active et passive Le complément d'agent

→ Corrigés p. IV

Observer et retenir

■ On forme la voix passive en utilisant l'**auxiliaire *être* au temps voulu, suivi du participe passé**.

■ **Seuls les verbes transitifs** (qui admettent un COD) peuvent se mettre à la voix passive.

■ Le passif implique un **agent de l'action** : c'est la fonction **complément d'agent** (ici : *par Lucas*).

Remarque
Parfois, le complément d'agent n'est pas exprimé.
→ *Ce mur a été détruit.*

Attention
N'oubliez pas d'**accorder le participe passé** en genre et en nombre **avec le sujet**.

Exemple ***Lucas** répare **ma moto**.* → Le sujet est **actif** (voix active).
sujet — COD

***Ma moto** est réparée **par Lucas**.* → Le sujet est **passif**, c'est-à-dire qu'il subit l'action exprimée par le verbe.
sujet — complément d'agent

S'entraîner

1 ★ Précisez, pour chaque phrase, si le verbe est à la voix active ou passive. Dans le cas de formes passives, soulignez le complément d'agent quand il est exprimé.

1. Les loups ont été réintroduits dans le parc du Mercantour.
....
2. Margaux et Élisa sont arrivées par le train.
....
3. Les coureurs ont été gênés par la pluie.
....
4. Chen est sortie cette nuit.
....
5. Ce roman ne fut publié qu'après la mort de l'écrivain.
....
6. Avec une tenue pareille, tu seras critiqué par tout le monde !
....

2 ★★ Analysez les formes suivantes (voix, mode, temps) et donnez l'infinitif de chaque verbe.

1. Il sera conduit. ....
2. Nous avions été transportés. ....
3. Vous fûtes arrosés. ....
4. Elle aura fait. ....
5. Tu as été déçue. ....
6. J'étais guidé. ....
7. Ils eurent trouvé. ....

3 ★★★ Transformez les phrases suivantes à la voix passive.

1. Les enfants regardent souvent la télévision le mercredi.
....
2. Le jardinier arrose les plantes même quand il pleut.
....
3. Le professeur nous expliqua un texte fort ennuyeux.
....

Auto évaluation Très bien ☐ Bien ☐ Pas assez bien ☐

18 La forme impersonnelle

→ Corrigés p. V

Observer et retenir

- Un verbe est impersonnel quand on ne peut le conjuguer qu'à la **3e personne du singulier**.
- Le sujet (*il*) ne représente pas un être humain, ni un animal, ni une chose définie ; c'est un **pronom neutre**.

Exemple « *Eliott, il pleut ! Rentre les vélos !*
– *Il paraît que ça n'est qu'une averse !* »

- Il existe des **verbes essentiellement impersonnels** : *pleuvoir, neiger, grêler, falloir.*
- De nombreux verbes peuvent néanmoins **se construire de façon impersonnelle** : *passer, faire, arriver, paraître*, etc. Dans ce cas, on trouve un sujet apparent (*il*, qui commande l'accord du verbe) et un sujet réel.

Exemples *Il arriva une drôle d'aventure.* (voix active) → sujet réel : *une drôle d'aventure.*
Il a été rappelé le fait suivant. (voix passive) → sujet réel : *le fait suivant.*
Il se passe d'étranges phénomènes. (voix pronominale) → sujet réel : *d'étranges phénomènes.*

S'entraîner

1 ★ Conjuguez les verbes aux temps simples de l'indicatif, à la 3e personne du singulier.

	Indicatif présent	Indicatif futur	Indicatif imparfait	Indicatif passé simple
Pleuvoir des cordes				
Neiger abondamment				
Falloir partir tôt				

2 ★★ Récrivez les phrases en supprimant la forme impersonnelle.

1. Il arriva de la cuisine une odeur de poisson brûlé.

....

2. Il circule des critiques à propos du facteur.

....

3. Il faut absolument que tu changes cette lampe.

....

3 ★★★ À partir des éléments suivants, construisez des phrases avec un verbe à la forme impersonnelle.

Exemple *majeure partie du pays – neiger*
→ *Il neigera sur la majeure partie du pays.*

1. arriver – te tromper

→ ....

2. des choses étranges – flotter – à la surface de l'eau

→ ....

3. beaucoup de voitures – passer – sur cette route

→ ....

4. dangereux – être – à cet endroit – traverser

→ ....

5. conseiller – arriver une heure avant l'embarquement

→ ....

6. impossible – je me trompe

→ ....

7. Des fraises – rester

→ ....

8. Emprunter ce chemin – impossible – sembler

→ ....

Auto évaluation Très bien ☐ Bien ☐ Pas assez bien ☐

19 Les verbes pronominaux

→ Corrigés p. V

Observer et retenir

■ Un **verbe pronominal** se conjugue toujours avec un **pronom réfléchi**. Il se reconnaît à l'infinitif car il est toujours précédé du pronom ***se*** : *se laver, se battre, se plaire, s'évanouir*, etc.

■ Aux temps composés, le verbe pronominal se conjugue avec l'***auxiliaire être***.

Exemple *Mathilde s'est lavée.*

■ **On distingue quatre catégories de verbes pronominaux.**

- Des verbes qui n'existent qu'à la forme pronominale, dits « **verbes essentiellement pronominaux** » (*s'évanouir, se souvenir, s'abstenir*, etc.), ou qui ont un sens différent quand ils ne sont pas employés avec un pronom réfléchi (*se rendre compte de*/*rendre compte de ; se douter de*/*douter de*).
- Des **verbes pronominaux de sens réciproque**, qui impliquent une relation entre plusieurs agents. Leur sujet est toujours un pluriel.

Exemple *Ils se sont battus.*

- Des **verbes pronominaux de sens passif** : on peut les remplacer par des verbes à la voix passive.

Exemple *Cette maison s'est vendue très cher.*
→ *Cette maison a été vendue très cher.*

- Des **verbes pronominaux de sens réfléchi** qui impliquent une action du sujet sur lui-même.

Exemple *Il se contempla dans le miroir.*

Remarque
Quand un verbe pronominal est conjugué à un temps composé, veillez aux accords des participes passés (voir fiche 41).

S'entraîner

1 ★ Soulignez les verbes pronominaux et indiquez à quelle catégorie ils appartiennent.

1. Saadi et Alia se sont promenés au bord de la mer.

....

2. Quand ils sont en vacances, ils s'appellent tous les jours au téléphone.

....

3. Ce roman se lit très bien. ....

4. Cette veste se porte seulement quand il fait très froid.

....

5. Il se lève très tôt le matin.

....

6. Je me méfie beaucoup de ces gens qui parlent trop.

....

7. Dès qu'ils ont entendu la sirène, ils se sont enfuis.

....

8. La salle de concert se vida très vite après le départ du chanteur.

....

2 ★★ Soulignez le ou les verbes pronominaux, et indiquez le mode, le temps et la personne auxquels ils sont conjugués.

1. Depuis qu'il a gagné cette course, il se prend pour un dieu !

....

2. Les otaries se sont encore enfuies de leur bassin.

....

3. Ils s'étaient à peine rencontrés que, déjà, il lui empruntait de l'argent.

....

4. Se trouvant fort belle, elle se regardait pendant des heures dans son miroir.

....

5. Dès qu'il fut sorti, elle se mit à rire.

....

3 ★★ Écrivez les verbes pronominaux entre parenthèses au mode et au temps demandés.

Aide
Si vous hésitez sur les accords de certains participes passés, reportez-vous à la fiche 41.

1. Tom et Zoé *(se disputer, passé simple de l'indicatif)* .... violemment hier soir.
2. Vous *(se cacher, présent de l'indicatif)* .... en entendant les sirènes de la police.
3. Je *(se casser, passé composé de l'indicatif)* .... une jambe en faisant du ski.
4. Ils *(se rencontrer, plus-que-parfait de l'indicatif)* .... à une soirée organisée par un ami.
5. Dès qu'elle *(se rétablir, futur antérieur de l'indicatif)* ...., nous partirons en Italie.
6. Quand elle *(s'approcher, passé composé de l'indicatif)* .... de lui, il *(s'enfuir, passé composé de l'indicatif)* .... à toutes jambes !

4 ★★ Transformez les phrases afin d'obtenir un verbe pronominal.

Exemple *Antoine ressemble à Karim.*
→ *Antoine et Karim se ressemblent.*

1. Je parle à Rose.
→ ....
2. Julie a embrassé Mélissa.
→ ....
3. Tu lui as écrit et il t'a répondu.
→ ....
4. Je passe la balle à Thomas et il la passe à Amina.
→ ....

5 ★★ Reconstituez les phrases en reliant chaque élément de la 1re colonne à l'élément de la 2e colonne qui lui correspond.

Elle •	• nous nous sommes disputées.
Amin et Louise •	• s'est levée très tôt.
Julie et moi, •	• vous vous détestiez.
Alice et toi, •	• ne t'es rendu compte de rien.
Camille et Paloma •	• calme-toi !
Tu •	• se sont mis d'accord.
Mila, •	• se sont coupé les cheveux.

6 ★★★ Complétez le texte avec les verbes pronominaux qui sont proposés, conjugués au passé composé de l'indicatif.

se remettre* – *se trouver* – *se vendre* – *se terminer* – *se disputer* – *s'avouer

Cette année, pour Noël, les enfants .... les derniers jouets électroniques ! Certains parents .... démunis devant les vitrines : que faire en effet devant toutes ces petites merveilles ? Parfois, la ruée vers les rayons .... en véritable pagaille ! La directrice d'une grande surface .... surprise par cette folie du jouet : « Pour mon magasin, dit-elle, les dernières trouvailles mêlant informatique et électronique .... en une soirée. »

7 ★★★ Corrigez les phrases si nécessaire.

1. Nous nous sommes échangés nos vestes.
....
....
2. Elle s'est coupée la main.
....
3. La maison et la grange se sont bien vendu.
....
....
4. Paul et Zoé se sont offerts des cadeaux.
....

Auto évaluation Très bien ☐ Bien ☐ Pas assez bien ☐

20 L'emploi du passé simple et de l'imparfait

→ Corrigés p. V

Observer et retenir

- Le **passé simple** présente l'action comme achevée, avec un début et une fin ; le fait seul est pris en considération, pas sa durée.
- L'**imparfait** présente l'action dans son déroulement, dans sa durée.
- Dans un même récit, on utilise tour à tour ces deux temps pour exprimer des nuances différentes.

Passé simple	Imparfait
Action ponctuelle	**Répétition**
Ce matin-là, le directeur se montra aimable ;	*habituellement, il nous adressait toujours des reproches !*
Action ponctuelle	**Description**
Nous fîmes une grimace en goûtant sa tarte,	*qui avait un goût étrange de concombre !*
Action ponctuelle	**Action dans son déroulement**
Un lapin traversa le stade	*alors que l'arbitre sifflait le coup d'envoi.*

S'entraîner

1 ★ Ce texte a été transposé au présent de l'indicatif : rétablissez le passé en conjugant les verbes au passé simple ou à l'imparfait de l'indicatif.

Antoine Richis est de très loin le bourgeois le plus fortuné de tout le pays. Il possède des propriétés terriennes non seulement dans la région de Grasse, où il cultive l'oranger, l'olivier, le froment et le chanvre, mais aussi près de Vence et du côté d'Antibes, où il a des métayers. Il possède des immeubles à Aix, des maisons à la campagne [...]. Pourtant, ce que Richis possède de plus précieux, c'est sa fille. Elle est son unique enfant, elle vient juste d'avoir seize ans, elle a les cheveux d'un roux profond et les yeux verts.

D'après Patrick Süskind, *Le Parfum*,

....

....

....

....

....

....

....

2 ★★ Sur une feuille à part, précisez, pour chaque verbe en rouge, à quel temps il est conjugué et à quelle nuance cela correspond par rapport au contexte (action ponctuelle, répétition ou description).

Quand on **arriva** devant le magasin, on se **mit** à regarder dans la vitrine, et c'était formidable. Il y **avait** des tas de cadeaux terribles : des petites statues, des saladiers en verre avec des plis, des carafes comme celles dont on ne se **servait** jamais à la maison [...]. Ce qu'il y **avait** de plus beau, **c'étaient** les statues. Il y en **avait** une avec un monsieur en slip qui **essayait** d'arrêter deux chevaux pas contents ; une autre avec une dame qui **tirait** à l'arc [...]. Quand nous **entrâmes** dans le magasin, le monsieur **vint** vers nous, en faisant des tas de gestes avec les mains.
– Allons, allons, nous **dit**-il, dehors !
– On est venu acheter un cadeau pour la maîtresse, **dit** Alceste.
– C'est combien, ça ? **demanda** Clotaire en prenant deux chevaux sur le comptoir.
– Attention ! C'est fragile ! **cria** le monsieur car Clotaire, qui était très maladroit, **cassait** toujours tout.

D'après Sempé & Goscinny,
Les Récrés du Petit Nicolas

Nouveau
Cahier du jour
Cahier du soir

Corrigés

Français 4e

Corrigés détachables

Corrigés détachables

GRAMMAIRE ET CONJUGAISON

1 Le nom p. 4

1 1. insecte – 2. charcuterie – 3. habitation.

2

Arme	Bateau	Mammifère	Gâteau
massue	canot	dauphin	chou
révolver	chalutier	baleine	far
épée	paquebot	vache	religieuse
couteau	vaurien	cheval	clafoutis

3 1. nom commun masculin concret animé dénombrable – 2. nom commun féminin abstrait – 3. nom commun masculin concret animé dénombrable – 4. nom commun féminin abstrait – 5. nom commun féminin concret animé dénombrable.

4 1. Pollution sérieuse de l'eau de la piscine – 2. Attaque de la banque par trois vieillards masqués – 3. Aujourd'hui, lavage gratuit des voitures – 4. Connexion à Internet de notre établissement – 5. Inondation de ta chambre – 6. Brièveté du match de tennis – 7. Rupture des ligaments – 8. Reprise des hostilités en Moldavie.

> **Attention**
> Le nom peut être formé à partir d'une forme différente du radical : *rompre* → *rupture*.

5 1. la vérité : ce n'est ni un adjectif ni un participe substantivé. – 2. un chef-lieu : le premier mot n'est pas un verbe. – 3. des cailloux : nom dénombrable. – 4. un genou : prend un *x* au pluriel. – 5. la recherche : abstrait. – 6. la réalisation : formé à partir d'un verbe et non d'un adjectif. – 7. l'allégresse : formé à partir d'un adjectif et non d'un verbe.

6 1. J'adore me promener dans mon jardin au lever du soleil. – 2. Peux-tu m'indiquer la préparation des tartelettes amandines ? – 3. Marion ignorait votre venue dimanche.

2 Les déterminants du nom : articles et adjectifs p. 6

1 1. **Un** : article indéfini – **les** : article défini – **la** : article défini – **Cette** : adjectif démonstratif – **quel** : adjectif exclamatif – **Plusieurs** : adjectif indéfini – **le** : article défini – **leurs** : adjectif possessif – **mille** : adjectif numéral cardinal – **Ce** : adjectif démonstratif. – 2. **mon** : adjectif possessif – **une** : article indéfini – **quelques** : adjectif indéfini. – 3. **ce** : adjectif démonstratif – **de l'** : articles partitifs – **les** : article défini.

2 1. défini par son unicité – 2. défini par son unicité – 3. défini par son unicité – 4. sens général – 5. défini par le contexte – 6. défini par son unicité – 7. connu par l'expérience commune.

3 Cet – Chaque – un – Quels – Tous – les – mille – Aucune – notre – quelques – nos – un.

4 1. défini contracté – 2. défini contracté – 3. partitif – 4. défini contracté – 5. partitif – 6. partitif.

> **Conseil**
> Pour vous aider, vous pouvez remplacer *du* (article partitif) par *un peu de*.

5 1. ! – 2. ? – 3. ? – 4. ! – 5. ? – 6. ? – 7. !

6 Quelques – tous – Chaque – nul – mille.

3 Les pronoms p. 8

1 1. *Je*, pronom personnel, renvoie à la situation d'énonciation ; *l'*, pronom personnel (*le*), renvoie au livre – 2. *Vous*, pronom personnel, renvoie à la situation d'énonciation ; *y*, pronom personnel (adverbial), renvoie à la situation d'énonciation – 3. *Je*, pronom personnel, renvoie à la situation d'énonciation ; *y*, pronom personnel, renvoie aux fantômes ; *m'*, pronom personnel (*me*), renvoie à la situation d'énonciation ; *vous*, pronom personnel, renvoie à la situation d'énonciation – 4. *J'*, pronom personnel (*je*), renvoie à la situation d'énonciation ; *aucune*, pronom indéfini, renvoie à *Lou, Fatou et Nina* – 5. *Je*, pronom personnel, renvoie à la situation d'énonciation ; *tout*, pronom indéfini, renvoie à la situation d'énonciation.

2 1. Te souviens-tu de **lui** ? – 2. **Y** vas-tu cet été ? Moi, j'**en** reviens. – 3. **L'**est-elle vraiment ? – 4. **L'**avez-vous prise ? Ils **les** ont prises. – 5. Est-ce toi qui **les** as toutes mangées ? – 6. Ne prends pas **celles-ci**, elles ne **le** sont pas !

3 1. Elle n'a rien fait. – 2. Nul n'est censé ignorer la loi. – 3. Personne ne te croira. – 4. Je ne connais pas cela. – 5. Lesquels de ces livres n'as-tu pas encore lus ? – 6. Des phoques, je n'en ai vu aucun sur la banquise. – 7. Je ne sais rien.

4 1. ce – il – un autre – ce qui – c' – on – les – 2. ils – ils – ils – ça – leur – les autres – ils – y.

> **Attention**
> Ne confondez pas *ni* (conjonction de coordination) et *n'y*.

4 Les adverbes : formation et fonctions p. 10

1 1. fraîchement – 2. consciemment – 3. sainement – 4. finalement – 5. conformément – 6. absolument – 7. brièvement – 8. amoureusement – 9. galamment – 10. bruyamment – 11. cordialement – 12. intensément.

2 1. En safari, on demande toujours aux touristes de respecter scrupuleusement les consignes. – 2. Tu parles à tes parents en craignant qu'ils réagissent furieusement. – 3. Le président apparut brièvement.

3 1. adverbe, CC temps – 2. prép. + GN, CC manière – 3. adverbe, CC manière – 4. prép. + GN, CC temps – 5. prép. + GN, CC manière – 6. prép. + GN, CC temps – 7. prép. + GN, CC temps.

4 1. ligament – 2. redoublement – 3. cantonnement – 4. fléchissement – 5. adhérent – 6. plissement – 7. évènement.

5 1. liaison – 2. opinion ; manière – 3. interrogation – 4. négation – 5. interrogation – 6. négation – 7. opinion – 8. opinion.

6 1. prudemment ; CCmanière – 2. trop vite ; CCmanière – 3. tard ; CCtemps – 4. là-bas ; CClieu.

5 La nature (ou classe grammaticale) des mots p. 12

1 1. nous : pronom personnel – 2. mon : adjectif possessif – 3. grand : adjectif qualificatif – 4. promis : participe passé – 5. des : article indéfini – 6. légèrement : adverbe – 7. l' : pronom personnel (le) – 8. avec : préposition – 9. alcool : nom commun – 10. boum : onomatopée – 11. toute : adverbe – 12. tous : déterminant indéfini – 13. bien : adverbe – 14. que : conjonction de subordination – 15. à : préposition – 16. gamba : nom commun – 17. quand : conjonction de subordination – 18. déclaré : participe passé.

2

Fonction	Nature
attribut du sujet	adjectif participe passé groupe nominal
COD	pronom personnel nom verbe à l'infinitif groupe nominal
CC d'opposition	préposition + GN proposition sub. conjonctive
CC manière	adverbe préposition + nom
complément de l'adjectif	préposition + GN proposition sub. conjonctive
attribut du sujet	adjectif
complément d'objet second	préposition + nom préposition + infinitif

3 1. vrai – 2. faux (adverbe : exceptionnellement, cet adverbe varie devant un adjectif féminin commençant par une consonne) – 3. vrai – 4. vrai – 5. vrai – 6. faux (adverbe : exceptionnellement, cet adverbe varie devant un adjectif féminin commençant par une consonne) – 7. faux (préposition) – 8. faux (conjonction de subordination) – 9. faux (adverbe interrogatif) – 10. faux (conjonction de coordination) – 11. vrai – 12. vrai – 13. vrai – 14. faux (déterminant numéral) – 15. faux (déterminant ordinal).

6 L'attribut du sujet p. 14

1 1. jeune (adjectif) – 2. très heureux (groupe adjectival) – 3. la mienne (pronom possessif) – 4. affolé (participe passé) – 5. stupide (adjectif) – 6. amoureuse de cet homme (groupe adjectival) – 7. enchantés (participe passé).

2 1. Parce que cette voiture n'était plus performante, la firme n'a pas pu faire face à la concurrence. → adjectif – 2. Depuis qu'il était étudiant en entomologie, il élevait chez lui des puces et des phasmes. → groupe nominal – 3. Mes pauvres, le professeur d'éducation physique vous a encore fait courir ? Vous semblez épuisés. → participe passé – 4. Ce projet s'est révélé l'affaire du siècle. → groupe nominal – 5. Quand il prend la parole en public, est-il toujours aussi sûr de lui ? → groupe adjectival – 6. Je trouve qu'il a l'air bête. → adjectif – 7. Elle m'a semblé heureuse. → adjectif.

7 L'attribut du COD p. 15

1 1. idiot (te) – 2. costauds (les enfants) – 3. Pas d'attribut du COD. – 4. tout petit (le monstre) – 5. Pas d'attribut du COD. – 6. fiers de toi (tes parents) – 7. Pas d'attribut du COD. – 8. fou d'amour (m').

2 1. quelqu'un d'autre/Elle a été prise pour quelqu'un d'autre par Karim. – 2. sa meilleure amie/Léa est considérée par Sophie comme sa meilleure amie. – 3. intelligente/Je suis jugée intelligente par les professeurs. – 4. innocent/Il est cru innocent par les jurés.

3 1. Le professeur a déclaré obligatoire que les élèves soient présents aux cours de soutien. – 2. Je tiens cet homme pour un fieffé menteur. – 3. Arthur trouve stupide de courir derrière un ballon ; il considère le hockey comme un sport bien plus intelligent. – 4. Sonya se prétend bonne cuisinière ; je tiens pour vrai ce qu'elle dit. – 5. Oscar est tellement myope qu'il a pris cette vache pour un bison ! – 6. Il ne faut pas me prendre pour un imbécile… – 7. À quelques jours de la finale, on présente l'équipe d'Australie comme la grande favorite. – 8. Depuis le début des vacances, je trouve Élise agitée ! – 9. Je considère Paul comme mon frère. – 10. La classe a élu Clara déléguée. – 11. Je te trouve resplendissante ! – 12. Cette aventure l'a rendu plus sûr de lui. – 13. Pour qui me prenez-vous ?

8 Les fonctions de l'adjectif p. 16

1 1. adjectif apposé – 2. adjectif épithète – 3. adjectif épithète – 4. adjectif apposé – 5. adjectif épithète – 6. adjectif épithète – 7. participe passé apposé – 8. participe passé épithète.

2 1. épithète – 2. épithète ; attribut du sujet ; attribut du sujet ; épithète – 3. attribut du sujet – 4. épithète – 5. attribut du sujet – 6. épithète ; épithète ; épithète – 7. attribut du sujet ; attribut du sujet – 8. épithète – 9. attribut du sujet ; attribut du sujet.

3 1. épithète – 2. attribut du COD – 3. attribut du COD – 4. épithète – 5. épithète – 6. épithète – 7. épithète – 8. attribut du COD – 9. attribut du COD.

4 1. Amusée, tu écoutes cette histoire avec intérêt. – 2. Fatiguée, Audrey ne viendra pas au cinéma avec nous. – 3. Charmante, cette villa va plaire à ta mère. – 4. Solides, Michaël et Fabio ont encore gagné le tournoi de tennis.

5 attribut du sujet – épithète – attribut du sujet – épithète – épithète – épithète – attribut du sujet.

6 grand (épithète) – pleine (attribut du sujet) – intense (épithète) – étranges (épithète) – macabres (épithète) – entêtant (épithète) – agitées (attribut du sujet) – tombales (épithète) – rongés (épithète).

9 COD/COI p. 18

1 1. que (pronom interrogatif) ; qu'il a chaud (proposition subordonnée conjonctive) – 2. avoir fermé la porte (groupe infinitif) – 3. un bouquet de muguet (groupe nominal) – 4. s'occuper de ce chaton (groupe infinitif).

2 1. que (COD) ; me (COI) – 2. vous (COD) ; à nous suivre (COI) – 3. lui (COI) ; des oranges (COD) – 4. les moustiques (COD) ; de vous piquer (COI) – 5. des messages de paix (COD) ; aux extraterrestres (COI) – 6. nous (COI) ; des témoignages de leur vie quotidienne (COD) – 7. te (COD) ; d'écouter (COI) – 8. moi (COD) ; te (COD).

10 La phrase emphatique p. 19

1 1. présentatif (toi) – 2. présentatif (en Grèce) – 3. redoublement (L'italien) – 4. inversion du sujet (une rivière) – 5. détachement (En Inde) – 6. présentatif (mon voisin) – 7. détachement (Avec un vélo si léger) – 8. présentatif (Voilà dix ans).

2 1. Le record de vitesse, elle l'a battu. 2. Dans les bois, se cache un loup. 3. Sur cette piste, skier est dangereux. 4. Voilà dix ans que nous louons cette maison. 5. Depuis dix ans, nous louons cette maison. 6. Cela fait trois heures que nous attendons.

11 Les propositions indépendantes, principales et subordonnées p. 20

1 1. [Je fis signe à Barnabé de se taire], [mais il hurla de plus belle.] (2) – 2. [Elle me raconta] [qu'elle était la grand-mère de Barnabé.] (2) – 3. [J'essayai de la rassurer], [mais elle semblait de plus en plus inquiète], [si bien que je paniquai…] (3) – 4. [Dès que j'ôtais ma main de sa bouche], [ses cris reprenaient de plus belle.] (2) – 5. [Je secouai l'enfant] [pour qu'il se taise.] (2) – 6. [Tout au long de la conversation, Barnabé n'a cessé de pleurer.] (1) – 7. [Barnabé s'est calmé] [lorsqu'il a aperçu le chien de sa grand-mère.] (2) – 8. [L'enfant s'est précipité sur le gros chien] ; [il l'a caressé] ; [il lui a murmuré à l'oreille] et [ils se sont allongés tous deux.] (4)

Corrigés détachables

2 1. Comme le dîner était affligeant – 2. si Dieu existe – 3. Bien que j'aie pris de bonnes résolutions – 4. Quand j'étais enfant – 5. que sa mère lui avait prêté – 6. Les huîtres n'étant pas fraîches – 7. que tu viendrais.

> **Conseil**
> Pour vous aider, repérez les verbes !

3 qui ne savait même pas encore lire ni écrire – qu'il s'amusait à jouer avec sa sœur et son ami – où il fut interne – que l'on nomme épilepsie – que son temps était précieux – qu'il devait le consacrer – qui comptait pour lui.

> **Conseil**
> Rappelez-vous que, la plupart du temps, une relative dépend d'un antécédent et peut être supprimée.

4 1. Il commanda une soupe à l'oignon qu'il renversa sur la tête de son patron. – 2. Hélène observa la lettre qui était pliée de travers. – 3. Je vous conseille la lecture du roman *Madame Bovary*, qui a été adapté au cinéma.

5 1. a. Le pétrole étant devenu une substance rare. – b. L'arrivée de Vercingétorix ayant été annoncée. – c. La gorge nouée par l'angoisse. – d. Ø.
2. Le sujet est toujours différent de celui du verbe principal, sauf dans la phrase d.

6 1. proposition subordonnée conjonctive – 2. proposition subordonnée conjonctive – 3. proposition subordonnée relative – 4. proposition subordonnée conjonctive.

7 1. juxtaposées ; Théophylus tremblait tellement qu'il lâcha le chandelier. (prop. sub. conj.) – 2. juxtaposées ; Les deux amis étaient très fatigués parce qu'ils avaient couru toute la journée. (prop. sub. conj.) – 3. coordonnées ; Erwan dut quitter Maureen parce que les hommes revenaient pour le tuer. (prop. sub. conj.) – 4. juxtaposées ; Il allait enfourcher son cheval quand un petit rire étouffé tinta. (prop. sub. conj.).

12 Les propositions subordonnées conjonctives introduites par *que* — p. 22

1 1. Le batelier déplore que sa péniche ne soit plus utilisée. – 2. Alice suggère que l'on mange une glace. – 3. Les élèves bredouillent qu'ils ont oublié leur travail.

2 1. Que ton père nous ait oubliés – 2. qu'elle chante – 3. qu'il viendrait – 4. que tu aies ton examen.

3 1. conjonction de subordination – 2. conjonction de subordination – 3. pronom relatif – 4. conjonction de subordination – 5. pronom relatif.

4 1. Je préfère qu'elle **prenne** son chien. – 2. La patronne suggère que nous **allions** en stage. – 3. Je sais que le mécanicien **fait** son possible. – 4. Le moniteur impose que nous **marchions** encore. – 5. Je voudrais que tu t'en **souviennes** longtemps !

5

	A	B	C	D	E	F	G	H	I	J
1	P	L	A	I	S	A	N	T	E	R
2	R	A	L	E	U	S	E		L	E
3	O	V	I	N	S		B	A	N	C
4	T	E		A	U	G	U	R	E	R
5	E	R	E		R	O	L	E		I
6	S		N	A	R	R	E		D	E
7	T	U		L	E	G	U	M	E	
8	E	R	P		R	E	S	U	M	E
9	R	E	V	E		S	E	R	I	N

Les verbes pouvant introduire une proposition subordonnée conjonctive introduite par *que* sont : plaisanter, augurer, narrer, protester, susurrer, récrier, rêver.

13 Les propositions subordonnées conjonctives circonstancielles de temps — p. 24

1 1. un moment précis – 2. la durée (on pourra néanmoins admettre la simultanéité) – 3. l'antériorité – 4. la fréquence.

2 1. Depuis qu'elle a rencontré la famille Addams… – 2. Dès que je quittai le château…

3 1. lisait – 2. auras rangé – 3. sommes sortis – 4. arrivent – 5. brille.

> **Conseil**
> N'oubliez pas d'employer l'indicatif, et non le subjonctif après *après que* : on considère que l'action s'est réalisée.

14 Les subordonnées circonstancielles de cause, de conséquence et de but — p. 25

1 1. Puisque le professeur était de mauvaise humeur : PS – 2. Par ta faute – 3. Comme nous t'attendions : PS – 4. J'ai soif.

2 1. conséquence – 2. cause – 3. cause – 4. but.

3 1. Nino n'a pas pu sortir son nouveau vélo parce qu'il pleuvait. – 2. J'aime tellement cette chanteuse que j'irai à tous ses concerts. – 3. Comme il fait chaud, nous partons à la plage. – 4. J'ouvre la fenêtre parce que j'ai chaud.

15 Les connecteurs logiques — p. 26

1 Tout d'abord (addition) – Ensuite (addition) – Puisque (cause) – Toutefois (opposition) – Par conséquent (conséquence).

2 Malgré – En effet – bien que – ainsi – cependant – donc.

3 d'abord – mais – ensuite – toutefois – enfin – car.

> **Conseil**
> Rappelez-vous que dans une énumération, une succession, *enfin* introduit toujours le dernier élément.

16 Les propositions subordonnées relatives — p. 27

1 la nuit qui descend sur moi ; mon duvet, dont le tissu me protège de l'humidité. Ce duvet, que Sophie m'a prêté ; celui qu'elle utilise lors de ses randonnées en montagne.

2 1. auxquels – 2. lesquelles – 3. où.

3 1. Anna a acheté une encyclopédie qui a coûté cent-cinquante euros. – 2. Les ouvriers qui construisent cet immeuble sont très nombreux. – 3. J'ai prêté mille euros à Antoine qui avait un découvert à la banque. – 4. Le voleur a surgi de la chambre qui était plongée dans l'obscurité. – 5. J'ai croisé un homme dans la rue qui m'a semblé suspect.

17 Les voix active et passive Le complément d'agent — p. 28

1 1. voix passive – 2. voix active – 3. voix passive (par la pluie) – 4. voix active – 5. voix passive – 6. voix passive (par tout le monde).

2 1. voix passive ; indicatif futur ; conduire – 2. voix passive ; indicatif plus-que-parfait ; transporter – 3. voix passive ; indicatif passé simple ;

> **Attention**
> *Été* (participe passé du verbe *être*) ne s'accorde jamais.

arroser – **4.** voix active ; indicatif futur antérieur ; faire – **5.** voix passive ; indicatif passé composé ; décevoir – **6.** voix passive ; indicatif imparfait ; guider – **7.** voix active ; indicatif passé antérieur ; trouver.

3 **1.** La télévision est souvent regardée par les enfants le mercredi. – **2.** Les plantes sont arrosées par le jardinier même quand il pleut. – **3.** Un texte fort ennuyeux nous fut expliqué par le professeur.

18 La forme impersonnelle — p. 29

1

	Indicatif présent	Indicatif futur	Indicatif imparfait	Indicatif passé simple
Pleuvoir des cordes	Il pleut des cordes.	Il pleuvra des cordes.	Il pleuvait des cordes.	Il plut des cordes.
Neiger abondamment	Il neige abondamment.	Il neigera abondamment.	Il neigeait abondamment.	Il neigea abondamment.
Falloir partir tôt	Il faut partir tôt.	Il faudra partir tôt.	Il fallait partir tôt.	Il fallut partir tôt.

2 **1.** Une odeur de poisson brûlé arriva de la cuisine. – **2.** Des critiques circulent à propos du facteur. – **3.** Tu dois absolument changer cette lampe.

3 **1.** Il arrive que tu te trompes. – **2.** Il y a des choses étranges qui flottent à la surface de l'eau. – **3.** Il y a beaucoup de voitures qui passent sur cette route./Il passe beaucoup de voitures sur cette route. – **4.** Il est dangereux de traverser à cet endroit. – **5.** Il est conseillé d'arriver une heure avant l'embarquement. – **6.** Il est impossible que je me trompe. – **7.** Il reste des fraises. – **8.** Il semble impossible d'emprunter ce chemin.

19 Les verbes pronominaux — p. 30

1 **1.** se sont promenés (sens réfléchi) – **2.** ils s'appellent (sens réciproque) – **3.** se lit (sens passif) – **4.** se porte (sens passif) – **5.** il se lève (sens réfléchi) – **6.** je me méfie (essentiellement pronominal) – **7.** ils se sont enfuis (essentiellement pronominal) – **8.** se vida (sens réfléchi).

2 **1.** il se prend : indicatif présent, 3e pers. sing. – **2.** se sont enfuies : indicatif passé composé, 3e pers. plur. – **3.** ils s'étaient rencontrés : indicatif plus-que-parfait, 3e pers. plur. – **4.** se trouvant : participe présent ; elle se regardait : indicatif imparfait, 3e pers. sing. – **5.** elle se mit : indicatif passé simple, 3e pers. sing.

3 **1.** se disputèrent – **2.** vous vous cachez – **3.** je me suis cassé – **4.** ils s'étaient rencontrés – **5.** elle se sera rétablie – **6.** elle s'est approchée ; il s'est enfui.

4 **1.** Nous nous parlons. – **2.** Elles se sont embrassées. – **3.** Vous vous êtes écrit. – **4.** Nous nous passons la balle.

5 Elle s'est levée très tôt. Amin et Louise se sont mis d'accord. Julie et moi, nous nous sommes disputées. Alice et toi, vous vous détestiez. Camille et Paloma se sont coupé les cheveux. Tu ne t'es rendu compte de rien. Mila, calme-toi !

6 les enfants se sont disputé – Certains parents se sont trouvés – la ruée vers les rayons s'est terminée – la directrice d'une grande surface s'est avouée – les dernières trouvailles mêlant informatique et électronique se sont vendues.

7 **1.** échangé – **2.** coupé – **3.** vendues – **4.** offert.

20 L'emploi du passé simple et de l'imparfait — p. 32

1 était – possédait – cultivait – avait – possédait – était – était – venait – avait.

2 arriva : ind. passé simple (action ponctuelle) – se mit : ind. passé simple (action ponctuelle) – avait (deux fois) : ind. imparfait (description) – servait : ind. imparfait (répétition) – avait : ind. imparfait (description) – c'étaient : ind. imparfait (description) – essayait : ind. imparfait (description) – tirait : ind. imparfait (description) – entrâmes, vint, dit, dit, demanda, cria : ind. passé simple (action ponctuelle) – cassait : ind. imparfait (répétition).

> **À savoir**
> *C'étaient les statues* : *c'est* mis à l'imparfait peut s'accorder au pluriel (sujet réel) ou au singulier (sujet logique).

3 vint – souleva – jeta – paraissait – ressortit – portait – était – exposa – s'agissait – faisait – s'appelait – fit.

4 **1.** action/description – **2.** action dans son déroulement/action ponctuelle – **3.** répétition/action ponctuelle – **4.** action dans son déroulement/action ponctuelle – **5.** action/description.

5 était – faisaient – communiquait – rencontrait – s'ouvraient – regardait – prit – fut – ouvraient – trouvèrent – n'eurent – était.

6 entra – savait – attendait – marchait – entendit – décida – avançait – ressemblait – crut – était.

21 Les valeurs du présent — p. 34

1

1. Le marché s'installe sur la place le samedi.
2. Tu prends tes affaires et tu quittes immédiatement cette salle.
3. Ma sœur t'appelle dès son retour.
4. Je suis là !

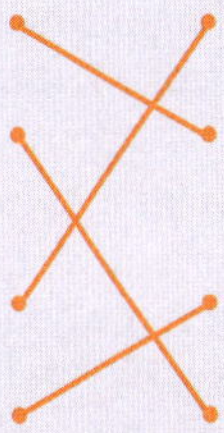

a. Futur proche
b. Présent itératif (d'habitude)
c. Présent d'énonciation
d. Expression d'un ordre

2 **1.** passé proche – **2.** répétition – **3.** présent de narration – **4.** vérité générale – **5.** futur proche – **6.** présent de narration – **7.** passé proche ; futur proche.

3 **1.** remonte (passé proche) – **2.** replonge (futur proche) – **3.** Tu lui dis (ordre) – **4.** entre (futur proche). – **5.** Tu viens ici quand on t'appelle ! (ordre) – **6.** Il arrive (passé proche).

22 Formation et emploi des temps composés de l'indicatif — p. 35

1 **1.** futur antérieur (supposition) – **2.** passé ant. (antériorité) – **3.** plus-que-parfait (antériorité) – **4.** futur ant. (antériorité).

2 **1.** sont partis – **2.** eut cessé – **3.** auras obtenu – **4.** s'était retirée – **5.** eut disparu – **6.** sera encore allée/est encore allée – **7.** n'avait encore jamais pris – **8.** a eu.

23 L'impératif présent — p. 36

1 **1.** haïs, haïssons, haïssez – **2.** va, allons, allez – **3.** sors, sortons, sortez – **4.** range, rangeons, rangez – **5.** mords, mordons, mordez – **6.** attrape, attrapons, attrapez – **7.** appelle, appelons, appelez – **8.** bois, buvons, buvez – **9.** finis, finissons, finissez – **10.** place, plaçons, placez – **11.** accueille, accueillons, accueillez – **12.** peins, peignons, peignez – **13.** mange, mangeons, mangez – **14.** guéris, guérissons, guérissez.

2 écris – va – vois – accueille – partons – viens – pédalons – venez – offre.

3 **1.** Ayez du courage et allez jusqu'au bout. – **2.** Réfléchis toujours avant d'agir. – **3.** Vas-y et ramènes-en pour tout le monde. – **4.** Chantons et vous, taisez-vous. – **5.** Empare-toi de cette crapule et jette-la en prison. **6.** Ne reste pas là ! – **7.** Accompagnez-nous jusqu'à la gare.

4 **1.** Ne plaisante pas/Respecte – **2.** Ne marche pas/Écarte-toi – **3.** N'exclus pas/Avertis-le – **4.** Ne guigne pas/Sers-toi – **5.** Ne gesticule pas/Garde ton calme et attends – **6.** Ne jacasse pas/Flatte-le – **7.** Ne reste pas/Va.

5 1. conseil – 2. ordre – 3. invitation – 4. prière – 5. ordre – 6. invitation – 7. conseil – 8. conseil – 9. ordre – 10. invitation – 11. invitation – 12. conseil – 13. prière – 14. invitation.

24 Le mode subjonctif p. 38

1 1. que tu lises – 2. que nous aimions – 3. que tu prennes – 4. que vous alliez – 5. que nous mangions – 6. que je vienne – 7. qu'il puisse – 8. qu'ils aient – 9. que vous croyiez.

2 1. qu'il ait voulu – 2. que tu sois sorti – 3. que vous ayez gagné – 4. qu'ils se soient battus – 5. qu'il ait couru – 6. que vous soyez venu(e)(s) – 7. que j'aie souhaité – 8. que tu aies donné – 9. qu'il ait écrit.

3 1. Il eut, qu'il eût – 2. Tu fus, que tu fusses – 3. Il vint, qu'il vînt – 4. Ils regardèrent, qu'ils regardassent – 5. Il frappa, qu'il frappât – 6. Il grandit, qu'il grandît – 7. Il tint, qu'il tînt – 8. Il courut, qu'il courût – 9. Tu allas, que tu allasses – 10. Il plut, qu'il plût.

Conseil
Pour conjuguer les autres verbes (ou verbes du 3e groupe) au subjonctif imparfait, aidez-vous de la forme du passé simple.

4 1. subjonctif – 2. subjonctif – 3. subjonctif – 4. subjonctif – 5. subjonctif – 6. subjonctif – 7. subjonctif – 8. subjonctif – 9. indicatif – 10. subjonctif.

5 1. souhait – 2. souhait – 3. ordre – 4. imposé par la conj. de sub. – 5. imposé par la conj. de sub. – 6. après un verbe de sentiment – 7. après un verbe de sentiment – 8. ordre – 9. après un verbe de sentiment – 10. souhait.

6 1. fassent ; sont – 2. aille – 3. obéisse – 4. fasse ; revient ; fait ; peut – 5. dise ; est ; aime – 6. soit ; s'assagisse.

25 Pouvoir/devoir/vouloir/paraître p. 40

1 1. pouvait – 2. devais – 3. paraissaient – 4. voulait.

2 1. croyant ; tu crus – 2. voyant ; tu vis – 3. voulant ; tu voulus – 4. pouvant ; tu pus – 5. devant ; tu dus – 6. paraissant ; tu parus.

3 1. Tu veux aller seul à la piscine. Tu voudras partir avant midi. – 2. Elle peut prendre ce qu'elle veut. Elle pourra choisir ses boucles d'oreilles. – 3. Nous devons rapporter cet ordinateur au magasin. Nous devrons l'échanger contre un modèle plus récent. – 4. Je parais plus jeune avec cette coiffure. Je paraîtrai folle si je sors déguisée ainsi.

4 1. pouvaient ; durent ; paraissait ; voulait – 2. deviez ; pouvaient ; parut ; voulûmes – 3. Vouliez ; paraissiez ; dûmes ; put – 4. devions ; pûmes ; paraissait ; voulut – 5. voulut ; s'envola ; put ; durent.

5 1. voudrons ; pourrons ; voulions – 2. pourra ; devra ; paraîtra ; voudra.

6 1. Il faut que nous devenions studieux. – 2. Il faut que vous vous calmiez, à moins que vous ne vouliez vous faire renvoyer. – 3. Il faudra attendre longtemps avant que tu puisses descendre la piste noire. – 4. Il en faudra beaucoup pour que vous paraissiez effrayé.

26 Énoncé et situation d'énonciation p. 42

1 **Énoncé 1 :** locuteur : Enzo Dupont ; destinataire : Mehdi ; lieu : Glisy ; moment : le 19 juin 2018.
Énoncé 2 : locuteur : Victor, mineur ; destinataires : les autres ouvriers de la mine ; moment : hiver 1888 ; lieu : devant une mine.
Énoncé 3 : locuteur : une dame de la haute société ; destinataire : une amie de condition sociale identique ; moment : imprécis (après le Grand Prix de Diane) ; lieu : inconnu.
Énoncé 4 : locuteur : Mascarille ; destinataire : un vicomte ; lieu : inconnu ; moment : inconnu.

2 1. oui – 2. non – 3. non ; non – 4. oui – 5. non – 6. oui.

3 **Énoncé 1 :** coupé – **Énoncé 2 :** ancré (je ; m') – **Énoncé 3 :** ancré (tout ça ; nous ; mon ; j' ; toi ; tu ; maintenant ; là-bas) – **Énoncé 4 :** ancré (je ; maintenant ; m' ; je ; vous ; ce ; la semaine prochaine) – **Énoncé 5 :** ancré (vous ; ça).

27 Le discours direct p. 44

1 **Le Pot de terre et le Pot de fer**

Le Pot de fer proposa
Au Pot de terre un voyage.
Celui-ci s'en excusa,
Disant qu'il ferait que sage
De garder le coin du feu :
Car il lui fallait si peu,
Si peu, que la moindre chose
De son débris serait cause.
Il n'en reviendrait morceau.
« Pour vous, dit-il, dont la peau
Est plus dure que la mienne,
Je ne vois rien qui vous tienne.
– Nous vous mettrons à couvert,
Repartit le Pot de fer.
Si quelque matière dure
Vous menace d'aventure,
Entre deux je passerai,
Et du coup vous sauverai. »
Cette offre le persuade.
Pot de fer son camarade
Se met droit à ses côtés.
Mes gens s'en vont à trois pieds,
Clopin-clopant, comme ils peuvent,
L'un contre l'autre jetés,
Au moindre hoquet qu'ils trouvent.
Le Pot de terre en souffre : il n'eut pas fait cent pas
Que par son compagnon il fut mis en éclats,
Sans qu'il eût lieu de se plaindre.
Ne nous associons qu'avec nos égaux,
Ou bien il nous faudra craindre
Le destin d'un de ces pots.

2 C'est le Pot de fer. C'est lui qui, par son discours convaincant, prend le dessus sur le pot de terre.

3 Lizah propose à ses amis : « Allons faire un tour au cimetière ce soir. » Alice chuchote : « Je vous accompagnerais bien, mais, la nuit, j'ai peur des cimetières. » Mattéo ajoute : « J'ai déjà aperçu des lueurs danser au-dessus des caveaux fraîchement ouverts. » Alice lui demande : « Comment, malgré cela, as-tu encore envie d'y retourner ? » Mattéo répond : « Ce phénomène m'intrigue beaucoup et j'aimerais en connaître la cause. » Noam intervient alors en disant : « Je préfère rester ignorant mais en vie. »

Conseil
Pensez à utiliser le présent d'actualité.

4 1. « Je trouve ce téléviseur très cher ! » – 2. « Il se pourrait bien que ce soit vous la coupable ! » ou « Vous aviez une bonne raison de vouloir tuer Madame X. » – 3. « Tu es en retard » ou « Dépêche-toi ! Nous allons rater l'avion/le train/la séance de cinéma ! »

5 1. La ministre, en visite dans notre ville, affirma : « Il est urgent de rénover les vieux quartiers ; quant au théâtre, j'ajoute qu'il devra être réhabilité dans les plus brefs délais. » – 2. Les joueurs de l'équipe nationale ont dit : « On n'a rien pu faire contre une équipe allemande nettement supérieure sur le plan tactique, et on déplore le manque de motivation de notre gardien de but... On promet à nos spectateurs de montrer un meilleur visage lors des prochains matchs. » (utilisation du pronom indéfini *on* et des points de suspension) – 3. Un fantôme s'est glissé dans ma chambre et m'a demandé : « Tu veux bien me prêter ta console, car je voudrais savoir comment on joue ; n'aie pas peur... Je pourrai revenir souvent

jouer contre toi lorsque tu auras des insomnies. » (utilisation du pronom indéfini *on* et des points de suspension) – **4.** J'ai demandé à la vendeuse : « Vous n'auriez pas des chaussures roses ? » Elle a été très étonnée et m'a demandé : « Vous voulez vraiment des mocassins roses ? Vous les voulez vraiment ? » Je lui ai répondu : « J'en rêve depuis longtemps. » (utilisation d'interrogations directes et d'une ponctuation expressive)

28 Le discours indirect p. 46

1 **1.** Il promet qu'il n'a rien dit. → Il promit qu'il n'avait rien dit. (plus-que-parfait) – **2.** Il promet qu'il ne disait rien. → Il promit qu'il ne disait rien (imparfait). – **3.** Il promet qu'il ne dit rien. → Il promit qu'il ne disait rien. (imparfait) – **4.** Il promet qu'il ne dira rien. → Il promit qu'il ne dirait rien. (conditionnel présent) – **5.** Il promet qu'il n'aura rien dit. → Il promit qu'il n'aurait rien dit (conditionnel passé).

2 **1.** c – **2.** d – **3.** a – **4.** b – **5.** f – **6.** e – **7.** g.

Conseil
Si vous hésitez, imaginez que vous êtes en train de parler à quelqu'un et employez les adverbes dans une phrase.

3 **1.** Elle lui dit de ne pas parler la bouche pleine. – **2.** Lilian lui promet que demain, il (ou elle) pourra les accompagner. – **3.** Elle crie qu'elle arrive, qu'il (ou elle) l'attende. – **4.** Il répond en pleurant qu'il est désolé. – **5.** Il dit qu'il(s) vienne(nt) ; de venir – **6.** Myriam leur annonça que tout était prêt. – **7.** Michaël demande à Alia si elle veut venir avec lui. – **8.** Théo annonce avec regret qu'il n'organisera pas de fête cette année. – **9.** Dylan nous réveille en criant que le temps est magnifique.

4 **1. a.** Marie annonce qu'elle arrivera le mardi suivant. **b.** Marie annonça qu'elle arriverait le mardi suivant. – **2. a.** Amina nous explique qu'elle fait dorer […]. **b.** Amina nous expliqua qu'elle faisait dorer […]. – **3. a.** Célia promet qu'elle n'a pas pris la clé et qu'elle ne l'a pas cachée […]. **b.** Célia promit qu'elle n'avait pas pris la clé et qu'elle ne l'avait pas cachée […]. – **4. a.** Il nous raconte qu'il marchait […] quand il a aperçu cet homme qu'il n'avait pas revu […]. **b.** Il nous raconta qu'il marchait dans la rue quand il avait aperçu cet homme qu'il n'avait pas revu […]. – **5. a.** La voyante assure à sa cliente qu'elle saura tout sur son avenir quand elle lui aura donné cent euros. **b.** La voyante assura à sa cliente qu'elle saurait tout […] quand elle lui aurait donné cent euros. – **6. a.** Maëva dit à Léo qu'elle refuse de nettoyer son vélo, qu'il n'aura qu'à le faire le lendemain. **b.** Maëva dit à Léo qu'elle refusait de nettoyer son vélo, qu'il n'aurait qu'à le faire le lendemain.

VOCABULAIRE

29 Les doublets p. 48

1 **1.** → c. ; **2.** → a ; **3.** → b. ; **4.** → e. ; **5.** → d. ; **6.** → f.

2 **1.** potio/potion/poison – **2.** scholaris/scolaire/écolier – **3.** auscultare/ausculter/écouter – **4.** fragilis/fragile/frêle – **5.** caput/capitaine/chef – **6.** integer/intègre/entier.

3 **1.** caballus/cavalier/chevalier – **2.** flor/floraison, déflorer/fleur, fleurir.

30 Les suffixes p. 49

1 couloir – baignoire – patinoire – bouilloire – mangeoire – perchoir – fumoir.

2 **1.** bestiole – **2.** gloriole – **3.** croûton – **4.** garçonnet – **5.** fillette – **6.** aiglon – **7.** capuchon – **8.** camionette – **9.** agnelet – **10.** courgette – **11.** bleuet.

3 **1.** pataud/lourdaud – **2.** blondasse – **3.** fuyard – **4.** marâtre – **5.** populace – **6.** mollasse.

4 chevreau : diminutive – courtaud : péjorative – cageot : diminutive – îlot : diminutive – cuisseau : diminutive – éléphanteau : diminutive.

5 **1.** carrossable – **2.** potable – **3.** pitoyable – **4.** malléable.

Conseil
Pensez aux modifications orthographiques, observez la 1re consonne du radical.

31 Les préfixes p. 50

1 connivence – confrère – contractant – codétenu – coexister – colocataire – compatir – concordance – corroborer.

2 **1.** déstabiliser – **2.** désespoir – **3.** dérivation – **4.** détournement – **5.** débordement – **6.** déformé – **7.** découvrir – **8.** débrider.

3 **1.** submerger – **2.** subordonner ou soumettre – **3.** substituer – **4.** sous-équipé.

4 **1.** démon – **2.** bilan.

32 Figures d'opposition et d'exagération p. 51

1 vis/meurs ; me brûle/me noie ; chaud/froidure ; molle/dure ; ennuis/joie.

2 **1.** hyperbole – **2.** hyperbole – **3.** antithèse – **4.** hyperbole – **5.** antithèse – **6.** hyperbole – **7.** hyperbole – **8.** hyperbole – **9.** antithèse – **10.** antithèse.

3 **1.** Le lièvre démarra avec rapidité, la tortue avec lenteur. – **2.** La vérité est parfois difficile à entendre, le mensonge beaucoup plus doux. – **3.** Sa fille incarnait la beauté, alors que lui n'était que laideur.

4 **1.** un géant – **2.** une star – **3.** un chef-d'œuvre – **4.** un monstre – **5.** mourir de faim – **6.** mourir d'ennui – **7.** réduire quelqu'un au silence – **8.** c'est extraordinaire/super/génial – **9.** adorer/être fou de… – **10.** C'est le déluge.

33 Figures de ressemblance p. 52

1 **1.** le Japon – **2.** Mars – **3.** l'équipe de France – **4.** Louis XIV – **5.** la télévision – **6.** Molière – **7.** le vélo – **8.** l'Amérique.

2 **1.** Tous les jours, il écoute Mozart. (la musique composée par Mozart) – **2.** As-tu vu le dernier Spielberg ? (le film réalisé par Spielberg) – **3.** Je préfère l'épisode où les mousquetaires croisent le fer. (se battent à l'épée) – **4.** Boire un verre de trop peut avoir des conséquences tragiques. (une boisson alcoolisée) – **5.** En famille, on aime pratiquer la voile. (le bateau à voile)

3 **1.** Si on ne limite pas la pollution, la planète bleue est menacée. – **2.** La capitale française attire les touristes du monde entier. – **3.** Le roi des forêts orne les maisons à Noël. – **4.** L'auteur des *Misérables* avait pris conscience de la misère du peuple. – **5.** J'apprends la langue de Shakespeare depuis la 6e. – **6.** L'astre du jour brille de mille feux. – **7.** La chanson de Claude Nougaro sur la ville rose est très connue. – **8.** Au pays du soleil levant, la cérémonie du thé est une tradition.

4 **1.** métonymie (le président de la République habite le palais de l'Élysée) – **2.** métonymie (du courage) – **3.** périphrase (le soir).

ORTHOGRAPHE

34 Les consonnes finales muettes p. 53

1 **1.** champ – **2.** outil – **3.** distinct – **4.** tard – **5.** dard – **6.** bourg – **7.** temps – **8.** camp – **9.** sirop.

2 **1.** corps – **2.** chas (d'une aiguille) – **3.** des bancs de morues – **4.** des mors – **5.** de coings – **6.** à flanc de.

3 **1.** fondement, fondation – **2.** raton, raticide – **3.** porcherie, porcher – **4.** instinctif, instinctivement – **5.** persillade, persiller –

6. accrocher, accrochage – 7. vernisser, vernissage – 8. nuitée, nuitamment.

4 1. gaz – 2. zinc – 3. spot – 4. sud – 5. stop – 6. huit – 7. gril – 8. ours.

35 On/on n' p. 54

1 1. On n'a pas le droit de faire ça. – 2. On n'accroche pas de portraits dans le réfectoire. – 3. On n'est pas sortis à quatre heures et on ne l'a pas vu. – 4. On n'a pas mangé ton gâteau, on te le jure. – 5. On n'accueille pas les touristes le dimanche soir.

2 1. **On** avance très lentement avec ce sac à dos chargé. – 2. Hier, **on** a appris qu'une école de parapente ouvrait, mais **on n'**a pas su dans quelle ville du département. – 3. **On** annonce l'arrivée des touristes pour le 14 juillet. – 4. **On n'**essuiera la vaisselle que si tu nous promets une sortie à la plage ! – 5. **On** a appelé ta mère, mais **on n'**a pas pu la joindre.

Conseil
Pour vous assurer que vous avez bien affaire à une négation, vous pouvez remplacer *on* par *il* ; par exemple, pour *on n'a pas reçu*, on pourrait écrire *il n'a pas reçu*. Il faut donc bien ajouter la négation.

3 1. **On n'**entendait pas le moindre bruit ; **on** dormait bien, quand soudain **on** frappa à la porte. **On** eut peur, mais lorsqu'**on** écouta, **on** comprit que c'était juste le père Noël qui ne pouvait pas passer par la cheminée. – 2. Jamais **on n'**écoute aux portes ! **On** aura vraiment tout vu dans cette maison ! – 3. Comme **on n'**y voyait rien, **on** a pris ta lampe de poche. – 4. **On** est venus pour regarder le défilé, mais **on n'**a rien vu ; il y avait trop de monde. – 5. On est rentrés plus tard que prévu car **on n'a** pas vu l'heure !

36 C'en/sans/s'en p. 55

1 1. s'en – 2. sans ; s'en – 3. Cent ; s'en – 4. s'en ; sens.

2 1. sans – 2. sans – 3. s'en – 4. sans – 5. s'en – 6. C'en – 7. sans – 8. Cent ; cent – 9. cent – 10. sang – 11. sent ; sens – 12. Sans ; s'en.

3 C'en ; sans ; sans ; s'en ; Sans ; sans ; Sans ; s'en.

37 T'en/tant/temps/tend(s) p. 56

1 1. tant – 2. t'en – 3. temps – 4. tant – 5. tant, t'en – 6. temps, temps – 7. taon, t'en, temps – 8. t'en – 9. temps – 10. tant, taon – 11. temps, temps, taons – 12. t'en, temps – 13. Tant – 14. Tant, t'en, tant – 15. temps – 16. temps – 17. tant.

Conseil
Pour vérifier qu'il faut écrire *t'en*, on peut remplacer *t'* par *m'* ; par exemple, pour *le grand t'en parlera*, on pourrait écrire *le grand m'en parlera*.

2 1. temps – 2. taon ou temps – 3. taon ou temps – 4. t'en – 5. t'en.

38 Plus tôt/plutôt – prêt/près p. 57

1 1. Emma était **près** de moi pendant la visite des ateliers de cet artisan créateur de bijoux. – 2. Elle était **prête** à acheter toutes les boucles d'oreilles. – 3. Son mari, lui, n'était pas **prêt** ; il repoussa le vendeur, trop **près** d'elle à son goût ! – 4. Mais en quittant l'atelier, Emma passa **près** d'une superbe parure et l'acheta sans demander l'avis de son mari. – 5. En sortant, ce dernier dit qu'il n'était pas **près** de revenir. – 6. Tu le trouveras qui t'attendra **près** de la mairie. – 7. Sophie est **prête** à s'investir dans ce projet et ne renoncera pas si **près** du but.

2 1. En vacances, je préfère aller à la mer **plutôt** qu'à la montagne. – 2. Prenez **plutôt** un labrador ; ce chien est propre **plus tôt** que les autres. – 3. Tu ferais bien de te taire **plutôt** que de dire des âneries ! – 4. **Plus tôt** elle se lèvera, **plus tôt** elle sera prête ! – 5. Pour avoir une place, il fallait arriver **plus tôt** ! – 6. **Plutôt** que de rêver, si tu t'étais mis au travail **plus tôt**, tu aurais réussi ton examen ! – 7. Lave la vaisselle **plutôt** que de regarder la télévision ! 8. Nous aurions dû réfléchir **plutôt** que de nous précipiter ! 9. Paul a commencé à travailler **plus tôt** qu'Adèle.

39 Les/l'ai p. 58

1 1. D – 2. P – 3. P – 4. D – 5. P – 6. P.

2 1. **Les** musiciens sont arrivés **les** premiers ; je **les** ai reçus sans savoir qui étaient **les** plus connus. Ce sont **les** techniciens qui m'ont présenté **les** membres du groupe ; en ce qui concerne le chanteur, je **l'ai** emmené à sa loge et je **l'ai** guidé dans notre belle ville. – 2. **Les** petits poissons, je **les** ai mangés crus, mais le saumon, je **l'ai** cuit. – 3. Lorsque le gorille a franchi **les** grilles du zoo, je **l'ai** photographié, mais **les** journaux n'ont pas voulu acheter **les** photos.

3 1. féminin – 2. masculin – 3. féminin – 4. masculin.

4 1. les – 2. les – 3. l'ai – 4. l'ai.

40 Quand/quant/qu'en p. 59

1 1. Quand – 2. Quand – 3. quant à toi – 4. qu'en fais-tu ? – 5. qu'en faire – 6. je ne vais qu'en face.

2 1. Quand il pleut – 2. je ne sais qu'en penser – 3. Quant à vous – 4. Qu'en fais-tu ?

3 1. Les chatons ne naîtront **qu'en** juillet. – 2. En ville, tout le monde parle de cet évènement : **qu'en** dit-on chez vous ? – 3. **Quand** partez-vous ? – 4. N'ouvrez cette porte **qu'en** cas d'urgence.

41 L'accord du participe passé p. 60

1 1. oui – 2. oui – 3. oui – 4. non – 5. oui.

2 1. cru ; confiées ; anémiées ; gloussé – 2. ramassés ; décidé – 3. repiquées ; arrosées ; renversé ; grillées.

3 1. La reine s'est admirée dans le miroir./Ces deux joueurs se sont beaucoup admirés. – 2. Coiffé comme cela, je ne me suis pas plu./Ils se sont plu au premier regard.

4 1. se seront envolés – 2. tu t'es acheté – 3. se sont emparés – 4. Vous êtes-vous bien amusé(s) avec nous ? – 5. Ils se sont vus, ils se sont plu, ils se sont mariés.

5 1. acheté – 2. déroulés – 3. téléphoné – 4. confiée ; aperçue – 5. succédé – 6. reprochée – 7. vendus – 8. battus – 9. confié – 10. immobilisée ; présentés – 11. dit.

6 1. Posée – 2. restés – 3. bougé ; penchée – 4. parlé.

3 ★★ **Ce texte est au passé : choisissez le passé simple ou l'imparfait de l'indicatif.**

Le docteur *(venir)* ...., *(soulever)* .... le drap du bout des doigts, *(jeter)* .... juste un regard sur le corps de Grenouille qui *(paraître)* .... vraiment avoir essuyé cent coups de feu, et il *(ressortir)* .... de la chambre sans même avoir ouvert la trousse que *(porter)* .... son fidèle assistant. Le cas n'*(être)* .... que trop clair, *(exposer)* ....-t-il à Baldini. Il *(s'agir)* .... d'une variété syphilitique de petite vérole, combinée avec une rougeole suppurante [...]. Il ne *(faire)* .... aucun doute que le décès du patient interviendrait dans les quarante-huit heures, aussi vrai que Procope *(s'appeler)* .... Procope. Sur quoi il se *(faire)* .... verser vingt francs de plus pour l'examen et l'établissement du pronostic.

D'après Patrick Süskind, *Le Parfum*,

4 ★★ **Retrouvez quel type d'alternance est souligné par l'emploi des temps de chaque phrase (action ponctuelle/répétition ; action/description ; action ponctuelle/action dans son déroulement).**

1. Il jeta un dernier regard vers la plaine qui blanchissait déjà sous les flocons de neige.

....

2. Lisa cousait des rideaux quand il entra.

....

3. Il prenait toujours le métro ; ce jour-là, il arriva à vélo.

....

4. Le détective fouillait méticuleusement chaque recoin de la pièce, quand il entendit des pas dans l'escalier.

....

5. La première fois qu'il la vit, il fut surpris : la douceur de son visage semblait contredire son allure de garçon manqué.

....

5 ★★★ **Conjuguez les verbes entre parenthèses aux temps appropriés ; aidez-vous du contexte.**

Ils s'en revinrent par la cavée, sous une avenue de hêtres. La maison montrait, de ce côté-là, sa cour d'honneur et sa façade. Elle *(être)* .... peinte en blanc, avec des réchampis de couleur jaune. Le hangar et le cellier, le fournil et le bûcher *(faire)* .... en retour deux ailes plus basses. La cuisine *(communiquer)* .... avec une petite salle. On *(rencontrer)* .... ensuite le vestibule, une deuxième salle plus grande, et le salon. Les quatre chambres au premier *(s'ouvrir)* .... sur le corridor qui *(regarder)* .... la rue. Pécuchet en *(prendre)* .... une pour ses collections ; la dernière *(être)* .... destinée à la bibliothèque ; et comme ils *(ouvrir)* .... les armoires, ils *(trouver)* .... d'autres bouquins, mais n'*(avoir)* .... pas la fantaisie d'en lire les titres. Le plus pressé, c'*(être)* .... le jardin.

D'après Gustave Flaubert, *Bouvard et Pécuchet*.

6 ★★★ **Même exercice.**

Quand Julie *(entrer)* .... dans le bois, elle ne *(savoir)* .... pas ce qui l'*(attendre)* .... Pourtant, elle *(marcher)* .... sur le chemin depuis dix minutes seulement quand elle *(entendre)* .... un bruit étrange derrière des buissons. Julie *(décider)* .... de s'approcher. Plus elle *(avancer)* ...., plus le bruit *(ressembler)* .... à une plainte. À un moment, elle *(croire)* .... même entendre quelqu'un pleurer ! C'*(être)* .... un être abandonné.

Auto évaluation Très bien ☐ Bien ☐ Pas assez bien ☐

21 Les valeurs du présent

→ Corrigés p. V

Observer et retenir

Présent d'énonciation ou d'actualité

Le présent d'énonciation situe les faits au moment où parle le locuteur. C'est le temps du **discours**.

Exemple *Tu parles trop fort !*

Présent de narration

Dans un **récit**, le présent de narration donne plus de vie aux faits rapportés.

Exemple *Le soldat s'arrêta net et écouta l'ennemi ; il s'approche, observe, le cherche sans doute…*

Autres emplois du présent

- Présent **itératif** (pour un fait qui se répète) : *Je prends ce médicament tous les soirs.*
- Présent à valeur de **vérité générale** : *Le soleil se lève à l'est.*
- Présent employé pour un fait qui a lieu dans le **passé** ou le **futur proche** : *Ta mère quitte à l'instant son bureau. Elle passe te voir après son match de badminton.*
- Présent employé pour donner un **ordre** : *Tu mets les mains en l'air et tu ne bouges pas !*

S'entraîner

1 ★ Reliez chaque phrase à la valeur du présent auquel il se rapporte.

1. Le marché s'installe sur la place le samedi. •	• a. Futur proche
2. Tu prends tes affaires et tu quittes immédiatement cette salle. •	• b. Présent itératif (d'habitude)
3. Ma sœur t'appelle dès son retour. •	• c. Présent d'énonciation
4. Je suis là ! •	• d. Expression d'un ordre

2 ★ Précisez la valeur du présent dans les phrases.

1. Le train part à l'instant. …………………… – 2. La bibliothèque ferme ses portes à 17 heures le samedi. …………………… – 3. Les prisonniers marchaient depuis des heures ; soudain, l'un d'eux s'arrête et appelle le surveillant. …………………… – 4. On ne fait pas d'omelette sans casser d'œufs. …………………… – 5. Les vacances finissent dans deux jours. …………………………… – 6. Olga prenait son bain tranquillement quand, tout à coup, une araignée tombe dans l'eau et s'accroche à ses orteils. …………………………… – 7. L'avion se pose à l'instant mais redécolle dans une demi-heure. …………………… / ……………………

3 ★★ Remplacez le temps souligné par un présent et dites quelle en est sa valeur.

1. Le plongeur vient de remonter à l'instant.
→ ………………………… Valeur : ……………………
2. Il va replonger dans quelques minutes.
→ ………………………… Valeur : ……………………
3. Dis-lui de ramasser des oursins sur les rochers.
→ ………………………… Valeur : ……………………
4. Le train entrera en gare dans cinq minutes.
→ ………………………… Valeur : ……………………
5. Viens ici quand on t'appelele !
→ ………………………… Valeur : ……………………
6. Il est arrivé à l'instant.
→ ………………………… Valeur : ……………………

Auto évaluation Très bien ☐ Bien ☐ Pas assez bien ☐

22 Formation et emploi des temps composés de l'indicatif

→ Corrigés p. V

Observer et retenir

- **Passé composé** : auxiliaire *avoir* ou *être* à l'indicatif présent + participe passé du verbe.

Exemple *J'ai compris.*

- **Passé antérieur** : auxiliaire *avoir* ou *être* à l'indicatif passé simple + participe passé du verbe.

Exemple *J'eus compris.*

- **Plus-que-parfait** : auxiliaire *avoir* ou *être* à l'indicatif imparfait + participe passé du verbe.

Exemple *J'avais compris.*

- **Futur antérieur** : auxiliaire *avoir* ou *être* à l'indicatif futur + participe passé du verbe.

Exemple *J'aurai compris.*

- Ils expriment :
– une action antérieure (*C'est dommage, tu arrives alors que nous avons mangé tous les gâteaux !*) ;
– une action achevée (*À vingt ans, elle avait fait le tour du monde.*).

- On utilise aussi fréquemment :
– le passé composé pour une action dont les effets se prolongent dans le présent (*J'ai attrapé la grippe.*) ;
– le futur pour exprimer une supposition (*Il sera sans doute allé faire les courses...*).

S'entraîner

1 ★ Indiquez à quel temps les verbes en rouge sont conjugués et précisez quelle nuance exprime ce temps.

1. Lucas est en retard ; il aura sûrement pris une mauvaise route. .... – 2. Quand Mélina eut raconté son histoire, ils se mirent tous à pleurer. .... – 3. Quand nous avions terminé nos devoirs, nous nous retrouvions devant le cinéma. .... – 4. Lorsque tu seras arrivée, téléphone-moi. ....

2 ★★ Conjuguez les verbes entre parenthèses au temps composé qui convient.

1. Depuis que les voisins *(partir)* ...., nous ne sommes plus gênés par le bruit. – 2. Quand Mathis *(cesser)* .... de raconter des histoires drôles, il n'y eut plus d'ambiance. – 3. C'est seulement quand tu *(obtenir)* .... ton baccalauréat que tu passeras ton permis de conduire ! – 4. Dès que la mer *(se retirer)* ...., nous allions ramasser des coquillages sur le sable. – 5. Dès que la soucoupe volante *(disparaître)* .... dans le ciel, ils coururent jusqu'au poste de police le plus proche. – 6. Je ne vois pas ta sœur... Elle *(encore aller)* .... s'acheter des chaussures ! – 7. À cinquante ans, Joséphine *(encore jamais prendre)* .... le train. – 8. Louise ne viendra pas travailler aujourd'hui, elle *(avoir)* .... un empêchement.

Auto évaluation Très bien ☐ Bien ☐ Pas assez bien ☐

23 L'impératif présent

→ Corrigés p. V

Observer et retenir

- L'impératif exprime un **ordre**, une **défense**, une **invitation**, un **conseil**.
- Il ne se conjugue qu'à trois personnes : **2e du singulier**, **1re et 2e du pluriel**. Les sujets ne sont pas exprimés.
- Les formes de l'impératif présent sont les mêmes que celles de l'indicatif présent, sauf pour les verbes du 1er groupe (*plonge, grimpe*, etc.) et les verbes du 3e groupe dont la terminaison est muette et la 2e personne du singulier en **-e** (*cueille*).
- Toutefois, devant les pronoms ***en*** et ***y***, on garde la forme ***-es*** par euphonie.

Exemples

Apporte des crayons. → *Apportes-en.*

Remarque

Les variations éventuelles sont les mêmes que pour l'indicatif présent : *mangeons, prenons, rinçons, dites*, etc.

Avoir	Être	Chanter	Choisir	Défendre
Aie	Sois	Chante	Choisis	Défends
Ayons	Soyons	Chantons	Choisissons	Défendons
Ayez	Soyez	Chantez	Choisissez	Défendez

Rire	Suivre	Croire	Cueillir	Aller
Ris	Suis	Crois	Cueille	Va
Rions	Suivons	Croyons	Cueillons	Allons
Riez	Suivez	Croyez	Cueillez	Allez

S'entraîner

1 ★ Conjuguez les verbes suivants à l'impératif présent.

1. haïr → ....
2. aller → ....
3. sortir → ....
4. ranger → ....
5. mordre → ....
6. attraper → ....
7. appeler → ....
8. boire → ....
9. finir → ....
10. placer → ....
11. accueillir → ....
12. peindre → ....
13. manger → ....
14. guérir → ....

2 ★★ Entourez uniquement les formes verbales qui peuvent correspondre à des impératifs présents.

écris – va – vois – voient – regardes – es – accueille – êtes – partons – viens – entend – imagines – pédalons – pédales – calmes – vient – venez – offre

3 ★★ Transformez les phrases de manière à obtenir le présent de l'impératif.

Exemple *Tu te hâtes dans les côtes.*
→ *Hâte-toi dans les côtes !*

1. Vous avez du courage et vous allez jusqu'au bout.

→ ......

2. Tu réfléchis toujours avant d'agir.

→ ......

3. Tu y vas et tu en ramènes pour tout le monde.

→ ......

4. Nous chantons et vous, vous vous taisez.

→ ......

5. Tu t'empares de cette crapule et tu la jettes en prison.

→ ......

6. Tu ne restes pas là !

→ ......

7. Vous nous accompagnez jusqu'à la gare.

→ ......

4 ★★★ Mettez les verbes en rouge à l'impératif présent (2e personne du singulier) et le premier verbe à la forme négative.

1. **Plaisanter** avec les fantômes./**Respecter** leur promenade nocturne.

......

2. **Marcher** sur les pieds de Berthe./**S'écarter** d'un mètre.

......

3. **Exclure** ce mauvais joueur./**L'avertir** fermement.

......

4. **Guigner** mes fraises./**Se servir**.

......

5. **Gesticuler** sur sa chaise./**Garder** son calme et **attendre**.

......

6. **Jacasser** dans les oreilles du professeur./Le **flatter** habilement.

......

7. **Rester** ici./**Aller** plutôt faire un tour.

......

5 ★★★ Quelle nuance exprime chacun des impératifs : ordre, conseil, défense, prière ou invitation ?

1. Armez-vous de patience, ne vous découragez pas.

......

2. Sortez d'ici ! ......

3. Nageons jusqu'à la bouée.

......

4. Je vous en prie, aidez-moi !

......

5. Montre-moi tes mains, vite !

......

6. Servez-vous en pain. ......

7. Relisez bien les consignes qu'on vous donne.

......

8. Écoute les conseils de ton entraîneur.

......

9. Jetez vos armes et mettez-vous à plat ventre !

......

10. Chantons tous en chœur à l'arrivée des mariés.

......

11. Veuillez attendre ici.

......

12. Ne t'en fais pas, tu vas réussir !

......

13. Ne nous punissez pas, ayez pitié de nous !

......

14. Il fait beau, installons-nous dans le jardin.

......

Auto évaluation Très bien ☐ Bien ☐ Pas assez bien ☐

24 Le mode subjonctif

→ Corrigés p. VI

Observer et retenir

■ Dans une **proposition indépendante** ou **principale**, le subjonctif exprime **le souhait**, **l'ordre** ou **la défense** dans des phrases de type injonctif, ou encore **la supposition**.

■ Dans les **propositions subordonnées complétives**, le subjonctif est commandé par des verbes exprimant **le doute**, **la volonté**, **le sentiment**.

■ Dans les **propositions subordonnées circonstancielles**, le subjonctif est imposé par **certaines conjonctions** exprimant **le temps** (*avant que, jusqu'à ce que*), **le but** (*afin que, de sorte que, pour que*), **la concession** (*bien que, quoique*).

Exemples *Je ne pense pas qu'il ment.* — *Je ne pense pas qu'il mente.*

indicatif	subjonctif
action présentée comme **réelle**	action présentée comme **incertaine**, pouvant ou non se réaliser, c'est-à-dire **éventuelle**

■ Il y a quatre temps au mode subjonctif : **présent**, **passé**, **imparfait**, **plus-que-parfait**.

- **Subjonctif présent :** radical présent + ***-e***, ***-es***, ***-e***, ***-ions***, ***-iez***, ***-ent***.
- **Subjonctif passé :** auxiliaire ***avoir*** ou ***être*** au subjonctif présent + participe passé du verbe.

Exemples *Que j'aie regardé, que tu aies fini, qu'il soit allé, que nous ayons été, que vous ayez eu, qu'elles aient fait*, etc.

- **Subjonctif imparfait :**

– verbes du 1er groupe : radical présent + ***-asse***, ***-asses***, ***-ât***, ***-assions***, ***-assiez***, ***-assent*** ;
– verbes du 2e groupe : radical présent + ***-isse***, ***-isses***, ***-ît***, ***-issions***, ***-issiez***, ***-issent*** ;
– verbes du 3e groupe : les terminaisons sont en ***-insse…***, ***-isse…***, ***-usse…***

- **Subjonctif plus-que-parfait :** auxiliaire ***avoir*** ou ***être*** au subjonctif imparfait + participe passé du verbe.

Exemple *Que j'eusse regardé.*

Conseil
Aidez-vous de la forme du passé simple de l'indicatif :
je vins → *que je vinsse* ; *il prit* → *qu'il prît.*

Le subjonctif imparfait et le subjonctif plus-que-parfait s'emploient dans un niveau de langage soutenu.

S'entraîner

1 ★ Mettez ces formes verbales au subjonctif présent.

1. Tu lis : .... – **2.** Nous aimons : .... – **3.** Tu prends : .... – **4.** Vous allez : .... – **5.** Nous mangeons : .... – **6.** Je viens : .... – **7.** Il peut : .... – **8.** Ils ont : .... – **9.** Vous croyez : ....

2 ★ Mettez ces formes verbales au subjonctif passé.

1. Il veut : .... – **2.** Tu sors : .... – **3.** Vous gagnez : .... – **4.** Ils se battent : .... – **5.** Il court : .... – **6.** Vous venez : .... – **7.** Je souhaite : .... – **8.** Tu donnes : .... – **9.** Il écrit : ....

3 ★★ Mettez ces formes à l'indicatif passé simple, puis au subjonctif imparfait.

1. Il a : ....
2. Tu es : ....
3. Il vient : ....
4. Ils regardent : ....
5. Il frappe : ....
6. Il grandit : ....
7. Il tient : ....
8. Il court : ....
9. Tu vas : ....
10. Il pleut : ....

4 ★★ Précisez si les verbes en rouge sont conjugués au mode indicatif ou subjonctif.

1. Bien que tu **aies fini** tes devoirs, je t'interdis de sortir. .... – 2. Qu'il **se lève** si tard finit par m'agacer ! .... – 3. Pourvu qu'il **arrive** à l'heure ! .... – 4. Je souhaite que tu m'**accompagnes**. .... – 5. Il refuse que je **copie** sur lui pendant les interrogations. .... – 6. Quoique tu ne m'**amuses** pas, je t'écoute par politesse. .... – 7. Je serai odieuse jusqu'à ce qu'il **pleure**. .... – 8. Je suis déçue que mon chat n'**essaie** plus d'aboyer ! .... – 9. Après que leur mère **est entrée** dans la cuisine, elle a hurlé en constatant l'étendue des dégâts. .... – 10. Ne fais rien avant qu'il n'**arrive**. ....

5 ★★★ Justifiez l'emploi du mode subjonctif dans chaque phrase (ordre, supposition, etc.).

1. Pourvu que le professeur ne soit pas trop énervé !

....

2. Que le Ciel exauce nos prières !

....

3. Il faut que je le voie.

....

4. J'attendrai près du pont jusqu'à ce que tu reviennes.

....

5. Bien qu'il fasse froid, ton grand-père a mis son short pour sortir.

....

6. Les spectateurs regrettent que la pièce soit terminée.

....

7. Louna craignait qu'il ne fît froid.

....

8. Qu'elle sorte !

....

9. Je ne pense pas que ce soit une bonne idée…

....

10. Vivement qu'elle arrive !

....

6 ★★★ Mettez les verbes entre parenthèses au mode et au temps qui conviennent.

1. Cassandre explique à ses parents qu'elle aimerait bien qu'ils *(faire)* .... quelques efforts car ils ne *(être)* .... pas toujours très compréhensifs. – 2. Ils exigent qu'elle *(aller)* .... se coucher de bonne heure ! – 3. Mais il n'est pas question qu'elle *(obéir)* .... ! – 4. Ils veulent qu'elle *(faire)* .... ses devoirs dès qu'elle *(revenir)* .... du collège, mais quand il *(faire)* .... beau, comment *(pouvoir)* .... -elle se faire une raison ? – 5. Bien qu'on lui *(dire)* .... sans arrêt qu'il *(être)* .... conseillé de manger des légumes verts et des viandes grillées, elle n'*(aimer)* .... que les frites ! – 6. Avant qu'il ne *(être)* .... trop tard, il faudra bien qu'elle *(s'assagir)* .... un peu !

Auto évaluation Très bien ☐ Bien ☐ Pas assez bien ☐

25 Pouvoir/devoir/vouloir/paraître

→ Corrigés p. VI

Observer et retenir

Les verbes ***pouvoir***, ***devoir***, ***vouloir*** et ***paraître*** sont des verbes irréguliers, qui ne se conjuguent pas toujours de la même manière.

Exemple *Mina, qui pratique le patinage artistique, peut rencontrer le champion du monde ; pour cela elle doit monter sur le podium lors de la compétition annuelle. Il paraît que c'est lui qui remettra les médailles ! Je ne veux pas rater ce moment.*

Infinitif	Indicatif				Conditionnel	Subjonctif		Impératif	Participe	
	Présent	Imparfait	Passé simple	Futur	Présent	Présent	Imparfait	Présent	Présent	Passé
Pouvoir	Je peux Il peut Nous pouvons Elles peuvent	pouvais pouvait pouvions pouvaient	pus put pûmes purent	pourrai pourra pourrons pourront	pourrais pourrait pourrions pourraient	puisse puisse puissions puissent	pusse pût pussions pussent		pouvant	pu
Devoir	Je dois Elle doit Nous devons Ils doivent	devais devait devions devaient	dus dut dûmes durent	devrai devra devrons devront	devrais devrait devrions devraient	doive doive devions doivent	dusse dût dussions dussent	dois devons devez	devant	dû
Vouloir	Je veux Il veut Nous voulons Elles veulent	voulais voulait voulions voulaient	voulus voulut voulûmes voulurent	voudrai voudra voudrons voudront	voudrais voudrait voudrions voudraient	veuille veuille voulions veuillent	voulusse voulût voulussions voulussent	veux voulons veuillez	voulant	voulu
Paraître	Je parais Elle paraît Nous paraissons Ils paraissent	paraissais paraissait paraissions paraissaient	parus parut parûmes parurent	paraîtrai paraîtra paraîtrons paraîtront	paraîtrais paraîtrait paraîtrions paraîtraient	paraisse paraisse paraissions paraissent	parusse parût parussions parussent	parais paraissons paraissez	paraissant	paru

S'entraîner

1 ★ Conjuguez à l'imparfait de l'indicatif.

1. Mon frère *(pouvoir)* .... plonger en apnée pendant trois minutes.
2. Tu *(devoir)* .... pourtant me téléphoner.
3. Les joueurs *(paraître)* .... plutôt fatigués.
4. Le roi *(vouloir)* .... mettre oser son veto.

2 ★ Conjuguez les verbes au participe présent, puis à l'indicatif passé simple, 2e personne du singulier.

1. Croire : ....
2. Voir : ....
3. Vouloir : ....
4. Pouvoir : ....
5. Devoir : ....
6. Paraître : ....

3 ★★ Rédigez une phrase en employant le présent de l'indicatif, puis le futur de l'indicatif, avec les verbes suivants.

1. Vouloir : ....

....

2. Pouvoir : ....

....

3. Devoir : ....

....

4. Paraître : ....

....

4 ★★★ Écrivez les verbes entre parenthèses au passé simple ou à l'imparfait, selon ce qui s'impose.

1. Alors qu'ils *(pouvoir)* .... finir le match par une victoire, les joueurs de l'équipe de France *(devoir)* .... se contenter d'un nul ; l'entraîneur, qui *(paraître)* .... préoccupé devant ce manque de réussite, déclara qu'il *(vouloir)* .... se laisser encore un peu de temps avant de procéder à des ajustements.

2. Vous *(devoir)* .... vous présenter à l'accueil, les hôtesses ne *(pouvoir)* .... pas vous manquer ; en votre absence, l'ambiance dans l'avion *(paraître)* .... rapidement terne et nous ne *(vouloir)* .... pas vous critiquer. La prochaine fois, ne vous trompez pas de porte d'embarquement !

3. *(Vouloir)* ....-vous manger votre riz avec des baguettes ? Vous *(paraître)* .... tellement malheureux que nous *(devoir)* .... nous résoudre à en demander au serveur qui ne *(pouvoir)* .... vous satisfaire.

4. Nous *(devoir)* .... acheter un nouvel ordinateur, mais nous ne *(pouvoir)* .... pas parce que le vendeur, qui *(paraître)* .... mal réveillé, ne *(vouloir)* .... pas nous conseiller.

5. Malgré nos mises en garde, mon oncle *(vouloir)* .... faire du kitesurf ; il *(s'envoler)* .... et ne *(pouvoir)* .... contrôler sa voile ; en définitive, les pompiers *(devoir)* .... aller le chercher au large !

5 ★★★ Conjuguez les verbes entre parenthèses en employant le futur comme temps principal.

1. Quand nous *(vouloir)* .... partir en vacances, nous *(pouvoir)* .... prendre l'avion à condition que nous *(vouloir)* .... bien payer plus cher.

2. Quand elle *(pouvoir)* .... retourner en classe, elle *(devoir)* .... rattraper les cours. Cela lui *(paraître)* .... difficile, mais elle *(vouloir)* .... faire son maximum.

6 ★★★ Rédigez une phrase en conjuguant chaque verbe au subjonctif présent, à la personne indiquée.

1. devenir, *1re personne du pluriel*

→ Il faut que ....

2. vouloir, *2e personne du pluriel*

→ ....

3. pouvoir, *2e personne du singulier*

→ ....

4. paraître, *2e personne du pluriel*

→ ....

Auto évaluation — Très bien ☐ Bien ☐ Pas assez bien ☐

26 Énoncé et situation d'énonciation

→ Corrigés p. VI

Observer et retenir

Le fait de parler ou d'écrire signifie que l'on produit un message à destination de quelqu'un.

émetteur (ou locuteur) — message → récepteur (ou destinataire)

Définitions

- **Énoncé :** message.
- **Énonciation :** fait de produire un énoncé. Quand l'astronaute s'adresse à Tom, il produit un énoncé : « Tom, j'étais sûr qu'ici nous serions bien reçus. »
- **Situation d'énonciation :**

Qui produit le message ? Ici, l'**émetteur** est un astronaute.
À qui est-il adressé ? Ici, le **destinataire** (ou récepteur) est Tom.
Dans quelles circonstances ce message est-il produit ? **Lieu** : la planète Mars ; **moment** : non précisé.

L'énoncé ancré dans la situation d'énonciation

Certains énoncés n'ont de sens que si l'on connaît la situation d'énonciation.

Exemple *J'étais sûr qu'ici nous serions bien reçus.* → Énoncé incompréhensible si l'on ne sait pas qui est « nous », ni quel endroit désigne « ici ».

Les indices de la situation d'énonciation, qui désignent donc quelque chose de différent à chaque fois que la situation est modifiée, sont : des **pronoms personnels**, des **pronoms** et des **adjectifs possessifs** (*le mien*, *ton*, etc.), ou encore des **adverbes de temps** (*maintenant*, etc.) et **de lieu** (*ici*, etc.).

L'énoncé coupé de la situation d'énonciation

Bill dit à Tom que sur Mars ils seraient bien reçus. → Nous n'avons pas besoin de la situation d'énonciation pour comprendre l'énoncé.

S'entraîner

1 ★ En observant bien les énoncés, essayez de donner le maximum d'informations sur la situation d'énonciation (identité du locuteur, du destinataire, moment, lieu).

Énoncé 1 Enzo Dupont
2, rue de l'Église Le 19 juin 2018
02600 Glisy

Salut Mehdi,

Comment vas-tu ? Je m'ennuie un peu à la maison ; j'espère que tu me rendras visite bientôt.

Enzo

....

....

....

....

Énoncé 2 Durant l'hiver de l'année 1888, les ouvriers en grève s'étaient rassemblés devant la mine. « Camarades, lança Victor, vous avez chaque jour l'impression de vivre un cauchemar ! Réveillez-vous, je vous en conjure ! »

Énoncé 3 « Chère amie, je serais heureuse de vous revoir. Et dire que j'ai failli ne pas venir à ce Grand Prix de Diane ! Irez-vous au bal que donne le comte de Paris ? »

Énoncé 4 Mascarille : – Vicomte, as-tu là ton carosse ?

(Molière, *Les Précieuses ridicules*.)

....

....

....

....

....

....

....

....

....

2 ★★ Dans les phrases suivantes, les mots en rouge renvoient-ils à la situation d'énonciation ?

1. Ce matin, je me suis levée à dix heures. .... – **2.** Elle assura les policiers que **ce matin-là**, elle n'était pas sur les lieux du crime... .... – **3.** La chouette est un oiseau nocturne. Quand on entend **cet** oiseau hululer la nuit, **cela** annonce une naissance, dit-on. .... – **4.** Je vais prendre **ce** sac, dans la vitrine. .... – **5. À ce moment-là**, il n'y avait déjà plus rien à faire. .... – **6.** Regarde **cet** oiseau sur la branche ! ....

3 ★★★ Ces énoncés sont-ils ancrés dans la situation d'énonciation ou en sont-ils coupés ? Dans le premier cas, relevez les mots qui sont des indices de la situation d'énonciation.

Énoncé 1 Mouquet, en s'en allant, se rencontra avec son père, le vieux Mouque, qui sortait aussi du Voreux ; et les deux hommes se dirent simplement bonsoir [...].

(Émile Zola, *Germinal*.)

Énoncé 2 Dans la classe qui sentait les châtaignes et la piquette, il n'y avait que deux balayeurs qui déplaçaient les tables. Je m'approchai du poêle pour m'y chauffer paresseusement [...].

(Alain-Fournier, *Le Grand Meaulnes*.)

Énoncé 3 « C'est tout ça ! On nous estropie les petits, maintenant !... Les deux jambes, mon Dieu ! Qu'est-ce qu'on veut que j'en fasse ?
– Tais-toi donc ! dit le docteur Vanderhaghen, qui avait suivi pour panser Jeanlin. Aimerais-tu mieux qu'il fût resté là-bas ? »

(Émile Zola, *Germinal*.)

Énoncé 4 Je dois partir maintenant ; on m'attend. Je vous parlerai de ce dossier la semaine prochaine.

Énoncé 5 Vous n'êtes pas un peu fou, non, de donner des idées comme ça aux gosses ?

(Sempé et Goscinny, *Les Vacances du Petit Nicolas* © IMAV Éditions.)

....

....

....

....

....

....

....

....

....

....

....

....

....

....

....

Auto évaluation Très bien ☐ Bien ☐ Pas assez bien ☐

27 Le discours direct

→ Corrigés p. VI

Observer et retenir

- Dans le discours direct, le narrateur rapporte les paroles **fidèlement telles qu'elles ont été prononcées,** nous donnant ainsi l'impression d'assister à la scène.

Exemple 1 *Il a promis : « **Je** viendrai **demain**. »*

Exemple 2 *« **Je** viendrai **demain**, promit-il.*
*– **Je** ne veux pas **te** voir », répondit-elle.*

- On utilise un verbe introducteur de parole, placé devant les propos rapportés (avec deux-points), ou après (précédé d'une virgule).
- Les guillemets délimitent souvent le début et la fin des propos (→ exemple 1).
- Dans le cas d'un dialogue, les tirets indiquent le changement d'interlocuteur (→ exemple 2).
- La situation d'énonciation est repérable grâce aux **pronoms personnels**, ou encore aux **indices de temps** ou **d'espace** (en gras et soulignés en bleu dans les exemples).

S'entraîner

1 ★ Soulignez les passages au discours direct.

Le Pot de terre et le Pot de fer

Le Pot de fer proposa
Au Pot de terre un voyage.
Celui-ci s'en excusa,
Disant qu'il ferait que sage
De garder le coin du feu :
Car il lui fallait si peu,
Si peu, que la moindre chose
De son débris serait cause.
Il n'en reviendrait morceau.
« Pour vous, dit-il, dont la peau
Est plus dure que la mienne,
Je ne vois rien qui vous tienne.
– Nous vous mettrons à couvert,
Repartit le Pot de fer.
Si quelque matière dure
Vous menace d'aventure,
Entre deux je passerai,
Et du coup vous sauverai. »
Cette offre le persuade.
Pot de fer son camarade
Se met droit à ses côtés.
Mes gens s'en vont à trois pieds,
Clopin-clopant, comme ils peuvent,
L'un contre l'autre jetés,
Au moindre hoquet qu'ils trouvent.
Le Pot de terre en souffre : il n'eut pas fait cent pas
Que par son compagnon il fut mis en éclats,
Sans qu'il eût lieu de se plaindre.
Ne nous associons qu'avec nos égaux,
Ou bien il nous faudra craindre
Le destin d'un de ces pots.

Jean de La Fontaine, *Fables*.

2 ★ Dans cette fable, qui prononce les plus longues paroles rapportées directement ? Pourquoi ?

....

....

....

3 ★★ Récrivez ce texte au discours direct.

Lizah propose à ses amis d'aller faire un tour au cimetière le soir même. Alice chuchote qu'elle les accompagnerait bien, mais qu'elle a peur des cimetières la nuit. Mattéo ajoute qu'il a déjà aperçu des lueurs danser au-dessus des caveaux fraîchement ouverts. Alice lui demande comment, malgré cela, il a encore envie d'y retourner. Mattéo répond que ce phénomène l'intrigue beaucoup et qu'il aimerait en connaître la cause. Noam intervient alors en disant qu'il préfère rester ignorant, mais en vie.

....

....

....

....

....

....

....

....

....

....

....

4 ★★★ Proposez une réplique qui soit cohérente avec chaque réponse.

1. Un client : « ....

La vendeuse : – Mais l'écran est plat et il y a un magnétoscope intégré ! »

2. Le policier : « ....

Une suspecte : – Je vous assure que je suis innocente ! Mardi, j'ai joué au poker toute la soirée, puis j'ai rejoint mon mari à la maison. »

3. Agathe : « ....

Tom : – Je suis désolé : il y avait beaucoup de circulation ! »

5 ★★★ Transformez les phrases afin d'obtenir du discours direct.

> **Aide**
> Pensez à ajouter des mots, expressions ou signes caractéristiques de l'oral.

1. La ministre, en visite dans notre ville, affirma qu'il était urgent de rénover les vieux quartiers et ajouta que le théâtre devait être réhabilité dans les plus brefs délais.

....

....

....

2. Les joueurs de l'équipe nationale ont dit aux journalistes qu'ils n'avaient rien pu faire contre une équipe allemande nettement supérieure sur le plan tactique ; ils ont déploré le manque de motivation de leur gardien de but et ont promis à leurs spectateurs de montrer un meilleur visage lors des prochains matchs.

....

....

....

....

3. Un fantôme s'est glissé dans ma chambre et m'a demandé si je voulais bien lui prêter ma console, car il voulait savoir comment on joue. J'ai eu très peur, mais il m'a rassuré en me disant qu'il pourrait revenir souvent jouer contre moi lorsque j'aurai des insomnies.

....

....

....

4. J'ai demandé à la vendeuse si elle n'avait pas des chaussures roses. Elle a été très étonnée et m'a demandé à deux reprises si je voulais vraiment des mocassins roses. Je lui ai répondu que j'en rêvais depuis longtemps.

....

....

....

Auto évaluation Très bien ☐ Bien ☐ Pas assez bien ☐

28 Le discours indirect

→ Corrigés p. VII

Observer et retenir

■ Dans le **discours indirect**, le narrateur rapporte le sens global des paroles prononcées ; elles sont **modifiées pour être intégrées au récit** et ne renvoient plus directement à la situation d'énonciation.

■ Elles sont introduites par un **verbe de parole**, toujours placé avant ; il n'y a plus ni deux-points ni guillemets.

■ Elles deviennent :
– des **propositions subordonnées conjonctives complétives introduites par *que***
Exemple *Il promit qu'il viendrait.*
– des **propositions subordonnées interrogatives indirectes introduites par *si*** ou par un autre mot interrogatif.

■ Dans un récit à la 3e personne, les pronoms personnels des 1re et 2e personnes passent à la 3e personne, et certains adverbes de lieu et de temps sont modifiés : *je* devient *il*, *demain* devient *le lendemain*, *ici* devient *là*, etc.
Exemple *Il promit qu'il viendrait le lendemain, mais elle répondit qu'elle ne voulait pas le voir.*

■ Il n'y a plus de phrases de type exclamatif ou interrogatif.

■ **La concordance des temps**

[principale au présent]
Il déclare

qu'il est venu	*qu'il venait*	*qu'il vient*	*qu'il viendra*	*qu'il sera venu*
[passé composé]	[imparfait]	[présent]	[futur]	[futur antérieur]

[principale au passé]
Il déclara

qu'il était venu	*qu'il venait*	*qu'il venait*	*qu'il viendrait*	*qu'il serait venu*
[plus-que-parfait]	[imparfait]	[imparfait]	[conditionnel présent]	[conditionnel passé]

S'entraîner

1 ★ En vous aidant du schéma ci-dessus, complétez les phrases, puis transposez-les en respectant la concordance « passé ». Indiquez entre parenthèses le temps utilisé.

1. Il promet qu'il n'a rien dit. *(passé composé)* → Il promit qu'il .... (..........................)
2. Il promet .... *(imparfait)* → Il promit qu'il .... (..........................)
3. Il promet .... *(présent)* → Il promit qu'il .... (..........................)
4. Il promet .... *(futur)* → Il promit qu'il .... (..........................)
5. Il promet .... *(futur antérieur)* → Il promit qu'il .... (..........................)

2 ★★ Retrouvez, pour chaque adverbe employé au discours direct, l'adverbe correspondant que l'on utiliserait au discours indirect.

1. aujourd'hui •	• a. la veille
2. demain •	• b. l'avant-veille
3. hier •	• c. le jour même
4. avant-hier •	• d. le lendemain
5. il y a deux ans •	• e. trois jours plus tard
6. dans trois jours •	• f. deux ans auparavant
7. après-demain •	• g. le surlendemain

3 ★★ Transposez ces paroles au discours indirect.

1. Elle lui dit : « Ne parle pas la bouche pleine ! »

....

2. Lilian lui promet : « Demain, tu pourras nous accompagner. »

....

3. Elle crie : « J'arrive, attends-moi ! »

....

4. Il répond en pleurant : « Je suis désolé. »

....

5. Il dit : « Venez. » *(2 constructions possibles)*

....

....

6. Myriam leur annonça : « Tout est prêt. »

....

7. Michaël demande à Alia : « Veux-tu venir avec moi ? »

....

8. Théo annonce avec regret : « Je n'organiserai pas de fête cette année. »

....

9. Dylan nous réveille en criant : « Le temps est magnifique ! »

....

4 ★★★ Ces propos sont rapportés au discours direct. Récrivez-les en les rapportant au discours indirect et en les introduisant :
a. par le verbe au présent (concordance « présent ») ;
b. par le verbe au passé (concordance « passé »).
Soulignez dans les phrases obtenues les mots modifiés.

1. Marie annonce : « J'arriverai mardi prochain. »

a. ....

b. ....

2. Amina nous explique : « Je fais dorer la pâte au four avant de mettre les pommes. »

a. ....

....

b. ....

....

3. Célia promet : « Je n'ai pas pris la clé, je ne l'ai pas cachée non plus. »

a. ....

b. ....

4. Il nous raconte : « Je marchais dans la rue principale quand j'ai aperçu cet homme que je n'avais pas revu depuis des années. »

a. ....

....

b. ....

....

5. La voyante assure à sa cliente : « Vous saurez tout sur votre avenir quand vous m'aurez donné cent euros. »

a. ....

....

b. ....

....

6. Maëva dit à Léo : « Je refuse de nettoyer ton vélo, tu n'as qu'à le faire demain. »

a. ....

b. ....

Auto évaluation   Très bien ☐   Bien ☐   Pas assez bien ☐

29 Les doublets

→ Corrigés p. VII

Observer et retenir

■ De nouveaux mots peuvent être formés par **composition**, c'est-à-dire en associant plusieurs mots (*une machine à écrire*), par **dérivation**, c'est-à-dire en ajoutant à un radical un préfixe et/ou un suffixe (*dé/mont/able*), ou à partir de **mots empruntés** à d'autres langues (*week-end*).

■ En français, la plupart des mots ont une origine latine ou grecque ; ils ont donc été formés à partir de radicaux grecs et latins. Ces mots peuvent être des **radicaux simples** ou des **radicaux auxquels on a ajouté un préfixe et/ou un suffixe**.

Exemple Le mot latin *arbor* a donné le nom commun *arbre* (radical simple) et l'adjectif *arboré* (radical auquel on a ajouté un suffixe).

■ Les mots ont évolué différemment selon la catégorie sociale des personnes qui les employaient, le besoin de nommer certaines choses, certaines habitudes avec précision, etc. Ainsi, un même radical a parfois donné des mots de formation différente : ce sont des **doublets**.

Exemple Le mot latin *securitas* a ainsi donné les mots *sécurité* (formation savante) et *sûreté* (formation populaire).

S'entraîner

1 ★ Reliez chaque mot à son doublet.

1. chasser •	• a. châtrer
2. castrer •	• b. régalien
3. royal •	• c. capter
4. chaire •	• d. château
5. castel •	• e. chaise
6. déchéance •	• f. décadence

2 ★★ Associez chaque mot latin de la liste a à un mot de formation savante de la liste b et à un mot de formation populaire de la liste c.

Liste a potio – scholaris – auscultare – fragilis – caput – integer

Liste b ausculter – intègre – fragile – capitaine – potion – scolaire

Liste c écolier – frêle – poison – chef – entier – écouter

....

....

....

....

....

....

3 ★★★ Donnez, pour chacun des mots latins ci-dessous, un mot de formation savante et un mot de formation populaire.

1. Le mot *caballus*, qui signifie « cheval » en latin, a donné :

→ le mot de formation savante : ....

....

→ le mot de formation populaire : ....

....

2. Le mot *flor*, qui signifie « fleur » en latin, a donné :

→ le mot de formation savante : ....

....

→ le mot de formation populaire : ....

....

Auto évaluation Très bien ☐ Bien ☐ Pas assez bien ☐

30 Les suffixes

→ Corrigés p. VII

Observer et retenir

■ Le **suffixe**, placé derrière le radical, permet de former des mots de **nature grammaticale différente** (verbe, adjectif, nom, etc.) et correspond à des **domaines précis** (les mots en *-ise* désignent par exemple un défaut ou une qualité : *gourmandise*, *franchise*). Il modifie ou nuance également le **sens** d'un mot.

Exemples *aimer*, *aimable*, *amour*.

■ Vous devez vous familiariser avec quelques suffixes très courants, pour repérer quels domaines sont concernés, quel sens ils apportent, et pour maîtriser leur orthographe.

- Le suffixe en ***-able*** suggère une possibilité (*perméable*, *capable*, *inondable*, etc.).
- Le suffixe en ***-oir/oire*** forme des mots qui désignent un instrument ou le lieu d'une action.

Rappel

Les mots sont souvent formés de plusieurs éléments : le **radical**, qui vient souvent du latin ou du grec ; le **préfixe**, placé devant le radical, qui modifie le sens ; et enfin le **suffixe**.

S'entraîner

1 ★ Complétez les mots suivants avec le suffixe qui convient, au féminin ou au masculin.

coul.......... – baign.......... – patin.......... – bouill.......... – mange.......... – perch.......... – fum..........

2 ★★ Retrouvez les mots correspondant aux définitions suivantes, formés à l'aide des suffixes diminutifs *-iole*, *-et*/*-ette* ou *-on*.

1. petite bête : ....
2. gloire tirée de petites choses : ....
3. extrémité d'un pain : ....
4. petit garçon : ....
5. petite fille : ....
6. petit de l'aigle : ....
7. bouchon d'un stylo : ....
8. petit camion : ....
9. petit agneau : ....
10. variété de courge : ....
11. petite fleur des champs de couleur bleue : ....

3 ★★ Même exercice, avec les suffixes péjoratifs *-asse*, *-ace*, *-ard*, *-âtre* et *-aud*.

1. lent et maladroit : ....
2. blond décoloré, fade : ....
3. qui s'enfuit : ....
4. méchante belle-mère : ....
5. bas peuple : ....
6. trop mou : ....

4 ★★★ Soulignez le suffixe de chaque mot et dites s'il apporte une nuance péjorative ou diminutive.

chevreau : .... courtaud : ....
cageot : .... îlot : ....
cuisseau : .... éléphanteau : ....

5 ★★★ Retrouvez les adjectifs terminés par le suffixe *-able* correspondant aux définitions suivantes.

1. un chemin que l'on peut emprunter en voiture : ....
2. une eau que l'on peut boire sans risque : ....
3. qui suscite la pitié : ....
4. que l'on peut façonner aisément : ....

Auto évaluation Très bien ☐ Bien ☐ Pas assez bien ☐

31 Les préfixes

→ Corrigés p. VII

Observer et retenir

■ L'addition d'un préfixe à un mot change sa **signification**, mais pas sa classe grammaticale.

Exemples *paraître* → *apparaître/transparaître/comparaître*
espoir → *désespoir*

À savoir
Beaucoup de préfixes sont d'origine latine.

■ L'orthographe des préfixes peut varier en fonction du mot ou de la racine qu'ils précèdent ; il y a parfois assimilation de la consonne.

Exemples *commun, collégial, correspondant*

Préfixe latin	Préfixes français	Signification	Exemples
bis-	*bi-, bis-*	deux fois	bicolore, biscuit, biplace
cum-	*co-, col-, com-, con-, cor-*	avec	coauteur, collaborer, correspondance, communiquer, concordant
de-	*dé-, dés-*	qui a cessé de	démonter
sub-	*sou-, sous-, sub-*	sous	subjuguer, subalterne, soumettre
trans-	*tra-, trans-*	au-delà de à travers	traverser, transplantation

S'entraîner

1 ★ Dans quels mots retrouvez-vous le préfixe *cum-* ?

connivence – confrère – cocarde – contractant – cochonnet – codétenu – coexister – colocataire – colonie – commode – compatir – concordance – concombre – corail – corroborer – corsaire

....

....

....

....

....

2 ★★ Complétez les mots suivants avec le préfixe *dé-* ou *dés-*.

1. ....stabiliser – **2.** ....espoir – **3.** ....rivation – **4.** ....tournement – **5.** ....bordement – **6.** ....formé – **7.** ....couvrir – **8.** ....brider

3 ★★★ Retrouvez les mots formés avec le préfixe *sou-*, *sous-* ou *sub-* à partir des définitions suivantes.

1. recouvrir complètement d'eau, inonder :

....

2. mettre sous l'autorité de quelqu'un :

....

3. mettre à la place de :

....

4. dont l'équipement est insuffisant :

....

4 ★★★ Un intrus se cache dans chaque liste : entourez-le !

1. déviation – dérivé – désolé – dévoiler – déstabiliser – démon

2. bilan – bilatéral – bigame – bicyclette – binaire – bimoteur

Auto évaluation Très bien ☐ Bien ☐ Pas assez bien ☐

32 Figures d'opposition et d'exagération

→ Corrigés p. VII

Observer et retenir

■ Pour attirer l'attention du lecteur ou de l'auditeur, pour frapper son imagination, on peut utiliser des figures d'opposition, comme l'**antithèse**, ou des figures d'insistance, comme l'**hyperbole**.

■ L'**antithèse** consiste à rapprocher **deux idées qui s'opposent** pour les mettre en relief.

Exemple « *À vaincre sans péril, on triomphe sans gloire.* » (Pierre Corneille, *Le Cid*)

■ L'**hyperbole** consiste à employer des **termes exagérés**, très forts.

Exemple « *Je suis perdu, je suis assassiné, on m'a coupé la gorge, on m'a dérobé mon argent.* » (Molière, *L'Avare*)

S'entraîner

1 ★ Relevez toutes les antithèses.

« Je vis, je meurs ; je me brûle et me noie ;
J'ai chaud extrême en endurant froidure :
La vie m'est et trop molle et trop dure.
J'ai grands ennuis entremêlés de joie. »

Louise Labé, *Sonnets* (1556).

....

....

2 ★★ Pour chacune des phrases suivantes, indiquez s'il s'agit d'une antithèse ou d'une hyperbole.

1. Les spectateurs ont franchi des montagnes pour voir leur idole ! .... – **2.** Je meurs de faim ! .... – **3.** Elle était jolie et charmante ; son frère affreux et brutal. .... – **4.** Nous l'avions pourtant prévenu mille fois. .... – **5.** Son crâne était aussi chauve que ses épaules étaient velues. .... – **6.** Cette année, en français, on a un prof super génial ! .... – **7.** Vous aurez du mal à le voir maintenant qu'il habite au bout du monde ! .... – **8.** Bravo, votre travail est excellentissime ! .... – **9.** À père avare, fils prodigue. .... – **10.** Le frère et la sœur ? C'est le jour et la nuit ! ....

3 ★★★ À l'aide des couples de mots proposés, composez une phrase comportant une antithèse.

Exemple *mort/vie → Ce village avait l'air mort et la campagne respirait la vie.*

1. rapidité/lenteur → ....

2. vérité/mensonge → ....

3. beauté/laideur → ....

4 ★★★ Trouvez une hyperbole pour chaque expression proposée.

1. un homme de grande taille :..............................

2. un acteur talentueux et célèbre : ....

3. un très bon livre : ....

4. une personne très cruelle : ....

5. avoir très faim : ....

6. s'ennuyer : ....

7. faire taire quelqu'un : ....

8. c'est très bien : ....

9. aimer : ....

10. Il pleut : ....

Auto évaluation Très bien ☐ Bien ☐ Pas assez bien ☐

VOCABULAIRE

33 Figures de ressemblance

→ Corrigés p. VII

Observer et retenir

■ Parmi les figures de ressemblance, on trouve les **périphrases** et les **métonymies** ; elles peuvent servir à désigner quelque chose ou quelqu'un. On peut donc les utiliser comme des **reprises nominales**, pour éviter les répétitions.

■ Les **périphrases** désignent quelque chose ou quelqu'un **en plusieurs mots, sans le nommer**.

Exemple *la langue de Goethe* = l'allemand

■ Les **métonymies** font allusion à un objet ou à une idée **par un terme désignant un autre élément en rapport avec celui-ci**.

Exemples

1. *une voile à l'horizon* (un bateau) → on désigne le tout par une partie
2. *boire un verre* → on désigne le contenu pour le contenant
3. *croiser le fer* (se battre à l'épée) → on désigne la matière pour l'objet
4. *la couronne est menacée* (le pouvoir royal) → on désigne le signe, le symbole pour la chose

S'entraîner

1 ★ Retrouvez ce que désigne la périphrase ; un indice est donné entre parenthèses.

1. le pays du Soleil levant (géographie) .... – **2.** la planète rouge (astronomie) .... – **3.** les Bleus (sport) .... – **4.** le Roi-Soleil (histoire) .... – **5.** le petit écran (média) .... – **6.** l'auteur des *Fourberies de Scapin* (littérature) .... – **7.** la petite reine (sport) .... – **8.** le Nouveau Monde (géographie) ....

2 ★★ Rédigez une phrase en employant une métonymie à partir du nom proposé.

Exemple *Rembrandt → Il aime beaucoup ce Rembrandt.* (un tableau)

1. Mozart → ....

2. Spielberg → ....

3. le fer → ....

4. un verre → ....

5. la voile → ....

3 ★★★ Rédigez une phrase en employant une périphrase à partir du nom proposé.

Exemple *Le lion → Le roi des animaux chasse les antilopes dans la savane.*

1. la Terre → ....

2. Paris → ....

3. le sapin → ....

4. Victor Hugo → ....

5. l'anglais → ....

6. le Soleil → ....

7. Toulouse → ....

8. le Japon → ....

4 ★★★ Indiquez s'il s'agit d'une périphrase ou d'une métonymie, et dites ce qu'elle désigne.

1. L'Élysée n'a pas encore communiqué au sujet des élections. ....

2. « Rodrigue, as-tu du cœur ? » ....

3. « C'était l'heure tranquille où les lions vont boire. » ....

Auto évaluation Très bien ☐ Bien ☐ Pas assez bien ☐

34 Les consonnes finales muettes

→ Corrigés p. VII

Observer et retenir

De nombreux mots de notre langue se terminent par une ou plusieurs **consonnes muettes**, c'est-à-dire que l'on n'entend pas.

Exemples *galop, prompt, bourg*, etc.

Pour trouver la lettre finale d'un nom, il faut très souvent :
- chercher un de ses dérivés : *sport* → *sportif* ; *accord* → *accorder* ;
- former le féminin : *boulanger* → *boulangère* ; *roux* → *rousse*.

S'entraîner

1 ★ Trouvez le mot, terminé par une ou deux consonnes muettes, correspondant aux mots proposés. Soulignez pour chaque mot obtenu la ou les consonnes muettes : retrouvez-vous à chaque fois les mêmes que dans les mots proposés ?

1. champêtre → ....
2. outillage → ....
3. distinguer → ....
4. tardivement → ....
5. darder → ....
6. bourgeois → ....
7. temporiser → ....
8. camper → ....
9. sirupeux → ....

2 ★★ Trouvez la bonne orthographe des mots soulignés.

1. Faut-il faire du sport pour entretenir son cor ? .... – 2. Est-il facile de passer un fil dans un chat en tremblant ? .... –

3. Y a-t-il des bans de morues dans l'océan Arctique ? .... – 4. Utilise-t-on des morts métalliques dans les courses hippiques ? .... –

5. Aimez-vous la confiture de coins ? .... –

6. Les arbres poussent-ils à flan de montagne ?

....

3 ★★ Voici des mots terminés par des consonnes muettes. Trouvez, pour chacun, deux autres mots de la même famille qui donnent à entendre ces consonnes.

1. fond → ....
2. rat → ....
3. porc → ....
4. instinct → ....
5. persil → ....
6. accroc → ....
7. vernis → ....
8. nuit → ....

4 ★★★ Entourez l'intrus dans chaque liste de mots.

1. nez – chez – gaz – raz
2. blanc – flanc – zinc – banc
3. pot – lot – spot – tôt – sot – sabot
4. veinard – vagabond – têtard – sud – tribord – rond
5. trop – sirop – stop – galop
6. détroit – vingt – huit – doigt – écart
7. outil – fusil – gril – sourcil – coutil
8. puits – corps – haras – ours – las – huis – taudis

Auto évaluation Très bien ☐ Bien ☐ Pas assez bien ☐

35 On/on n'

→ Corrigés p. VIII

Observer et retenir

■ Quand ***on n'*** précède un verbe, il y a toujours une **deuxième négation** qui suit (*rien, pas, jamais*, etc.) ou ***que*** pour exprimer une restriction (*ne… que*).

Exemple *Quand on ira au cinéma, on n'achètera que du pop-corn.*

■ Quand le pronom indéfini ***on*** se situe devant un verbe commençant par une voyelle, on peut le remplacer par le pronom ***il*** pour savoir si l'on doit écrire la négation ***n'***.

Exemple *On n'aperçoit le sommet du Mont-Blanc que depuis le balcon.* → *Il n'aperçoit le sommet du Mont-Blanc que depuis le balcon.*

S'entraîner

1 ★ Mettez les phrases à la forme négative en remplaçant *il* par *on*.

1. Il a le droit de faire ça.

....

2. Il accroche des portraits dans le réfectoire.

....

3. Il est sorti à quatre heures et il l'a vu.

....

4. Il a mangé ton gâteau, il te le jure.

....

5. Il accueille les touristes le dimanche soir.

....

2 ★★ Complétez les phrases suivantes par *on* ou *on n'*.

1. .... avance très lentement avec ce sac à dos chargé.

2. Hier, ... a appris qu'une école de parapente ouvrait, mais .... a pas su dans quelle ville du département.

3. .... annonce l'arrivée des touristes pour le 14 juillet.

4. .... essuiera la vaisselle que si tu nous promets une sortie à la plage !

5. .... a appelé ta mère, mais .... a pas pu la joindre.

3 ★★ Même exercice.

1. .... entendait pas le moindre bruit ; .... dormait bien, quand soudain .... frappa à la porte. .... eut peur, mais lorsqu'.................. écouta, ... comprit que c'était juste le père Noël qui ne pouvait pas passer par la cheminée.

2. Jamais .... écoute aux portes ! .... aura vraiment tout vu dans cette maison !

3. Comme .... y voyait rien, ... a pris ta lampe de poche.

4. .... est venu pour regarder le défilé, mais .... a rien vu ; il y avait trop de monde.

5. .... est rentré plus tard que prévu car .... a pas vu l'heure !

Auto évaluation Très bien ☐ Bien ☐ Pas assez bien ☐

36 C'en/sans/s'en

→ Corrigés p. VIII

Observer et retenir

■ *Sans* ≠ avec (préposition).

■ *C'en* = « cela en » (devant le verbe *être*, à condition qu'il ne s'agisse pas d'un verbe à la voix pronominale : *il s'en est occupé*).

■ *S'en* = « se de cela » (devant un verbe à la voix pronominale).

Exemple *Ils sont venus en cours sans leurs livres ? C'en est trop ! Malheureusement, les punitions, ils s'en moquent !*

Attention

Ne confondez pas non plus avec :

- *Je/Tu sens bon ! Il sent la vanille.*
- *Après la bataille, la plaine était rouge de sang.*
- *La guerre de Cent Ans.*
- *Sens dessus dessous.*

S'entraîner

1 ★ Complétez les phrases en écrivant correctement le son [sɑ̃].

1. Il .... est fallu de peu qu'ils ne ratent l'avion. – **2.** Mais .... leurs valises, qu'ils n'ont pas eu le temps de prendre, ils .... sortiront difficilement. – **3.** .... fois, ils s'étaient promis de faire réparer leur réveil, mais ils n'ont pas eu le temps de .... occuper. – **4.** À l'heure qu'il est, ils doivent .... mordre les doigts, je le .... !

2 ★ Même exercice.

1. Cela va .... dire. – **2.** Je ne partirai pas .... vous ! – **3.** Prends sa raquette, puisqu'il ne .... sert plus. – **4.** Cesse donc de dépenser ton argent .... compter. – **5.** Il .... raconte de belles à ton sujet. – **6.** .... est fini de toutes vos bêtises ! – **7.** J'aimerais pouvoir jouer au tennis .... faire d'efforts. – **8.** .... pour .... pure laine. – **9.** Ce footballeur est formidable ; depuis le début de la saison, il a marqué .... buts ! – **10.** Lorsqu'on a arrêté le meurtrier, il avait encore du .... sur les mains. – **11.** Il prétend qu'il .... une odeur de gaz, et toi, que ....-tu ? – **12.** .... exagérer, je crois qu'elle devrait .... méfier.

3 ★★ Corrigez les erreurs qui se sont glissées dans le texte en récrivant les mots qui conviennent.

Sans .... est trop ! Ma grand-mère, qui a presque cent ans, est partie en randonnée en pleine montagne s'en .... nous prévenir. Un loup qui rôdait aurait pu la dévorer c'en .... autre forme de procès ! Il sans .... est fallu de peu pour qu'on la retrouve en morceaux. S'en .... vouloir être méchant je pense que l'on partira c'en .... elle l'an prochain. Sens .... hésitation je choisis cette voiture ! Tu as beau le menacer, il c'en .... moque !

Auto évaluation Très bien ☐ Bien ☐ Pas assez bien ☐

37 T'en/tant/temps/tend(s)

→ Corrigés p. VIII

Observer et retenir

- *T'en* + verbe → *en* = de quelque chose : *Je t'en parle.*
- *Tant* → = *tellement*, adverbe : *Ils l'ont tant piqué.*
  → *tant pis, tant et si bien que, tant mieux, en tant que*, etc.
- Le *temps* → météo : *Il fait beau temps.*
  → qui passe : *J'ai tout mon temps.*
  → *de temps à autre, à temps, de temps en temps*, etc.

Attention
Ne confondez pas non plus avec le **taon** = grosse mouche qui pique (*Le taon m'a piqué !*).

Exemple *Je t'en prie, tends la main, mais retire-la à temps car les taons piquent tant qu'il faut s'en méfier.*

S'entraîner

1 ★★ Écrivez correctement le son [tã].

1. Il n'est pas venu, ... pis ! – **2.** Je ....conjure, ne jette pas ma pipe par la fenêtre. – **3.** Trop tard, il fallait arrêter à .... ! – **4.** Nous avons oublié papy sur l'aire d'autoroute, ... et si bien qu'il a dû faire du stop. – **5.** En .... que président du club, je te le dis tout net : « Va-................ » – **6.** De .... à autre, un revenant apparaît et nous n'avons pas le .... de le reconnaître. – **7.** Regarde, mamie s'est fait piquer par un .... ; elle a l'œil tout enflé. « Ne .... fais pas, mamie, nous arriverons à l'hôpital à .... » – **8.** Des moules ? Je .... commande vingt kilos. – **9.** Prends ton .... ! – **10.** Pourquoi voulez-vous .... vous dépêcher ? Parce qu'un .... géant nous poursuit pour nous sucer le sang. – **11.** Il est .... que nous quittions ce camping ; sous la pluie, le .... passe lentement et, sous le soleil, les .... font des ravages. – **12.** De l'argent, je .... dois, mais pour te le rendre, je prendrai mon .... ! – **13.** Le chien m'a mordu ! .... pis, tu n'avais qu'à lui parler correctement ! – **14.** .... de discours pour .... débarrasser ! Tu crains .... ta belle-mère ? – **15.** Quel .... de chien ! – **16.** Avec le ...., tout s'arrange. – **17.** Je ne comprends pas pourquoi elle m'a quitté ; nous nous sommes .... aimés !

2 ★★★ Indiquez pour chaque phrase combien il y a de façons possibles d'écrire le son [tã] et écrivez-les.

1. Le [tã] jouera pour nous.

....

2. Peggy s'assit sur une chaise et observa le [tã].

....

3. Le [tã] passe sans que nous puissions rien faire.

....

4. « Le grand [tã] parlera », dit-il d'une voix pleine de mystère.

....

5. Il [tã] parlera quand ce sera le bon moment.

....

Auto évaluation Très bien ☐ Bien ☐ Pas assez bien ☐

38 Plus tôt/plutôt – prêt/près

→ Corrigés p. VIII

Observer et retenir

Plus tôt/plutôt

- Ne confondez pas ***plus tôt***, contraire de ***plus tard*** (→ exemple 1), avec ***plutôt*** (→ exemple 2), qui marque la **préférence**.

Exemple 1 *Nous sommes arrivés plus tôt que prévu.*

Exemple 2 *Plutôt dormir que travailler !*

Prêt/près

- ***Prêt*** est un **adjectif** qui s'accorde en genre et en nombre (*les enfants sont prêts ; les filles sont prêtes*) et qui signifie *disposé, préparé* (→ exemple 3).
- ***Près*** est une préposition qui marque la **proximité** dans l'espace ou le temps (→ exemple 4).

Exemple 3 *Alors que j'étais prêt à plonger, un gros requin est apparu.*

Exemple 4 *Le requin est resté près de notre embarcation.*

Attention

Près de peut introduire un infinitif et indiquer que l'action est imminente. La locution est souvent à la forme négative.
→ *Nous ne sommes pas près de nager.*

S'entraîner

1 ★ Choisissez : *prêt(e)* ou *près*.

1. Emma était .... de moi pendant la visite des ateliers de cet artisan créateur de bijoux. – **2.** Elle était .... à acheter toutes les boucles d'oreilles. – **3.** Son mari, lui, n'était pas .... ; il repoussa le vendeur, trop .... d'elle à son goût ! – **4.** Mais en quittant l'atelier, Emma passa .... d'une superbe parure et l'acheta sans demander l'avis de son mari. – **5.** En sortant, ce dernier dit qu'il n'était pas .... de revenir. – **6.** Tu le trouveras qui t'attendra .... de la mairie. – **7.** Sophie est .... à s'investir dans ce projet et ne renoncera pas si .... du but.

2 ★★ Choisissez : *plus tôt* ou *plutôt*.

1. En vacances, je préfère aller à la mer .... qu'à la montagne. – **2.** Prenez .... un labrador ; ce chien est propre .... que les autres. – **3.** Tu ferais bien de te taire .... que de dire des âneries ! – **4.** .... elle se lèvera, ... elle sera prête ! – **5.** Pour avoir une place, il fallait arriver .... ! – **6.** .... que de rêver, si tu t'étais mis au travail ...., tu aurais réussi ton examen ! – **7.** Lave la vaisselle .... que de regarder la télévision ! – **8.** Nous aurions dû réfléchir .... que de nous précipiter ! – **9.** Paul a commencé à travailler .... qu'Adèle.

Auto évaluation Très bien ☐ Bien ☐ Pas assez bien ☐

39 Les/l'ai

→ Corrigés p. VIII

Observer et retenir

Exemple *Les écouteurs que vous m'avez vendus ne fonctionnent pas ; je vous les rends.*
déterminant défini — pronom personnel

■ Dans « les écouteurs », ***les*** est un déterminant défini qui précède un nom ou un groupe nominal et ne peut pas s'employer seul.

■ Dans « je vous les rends », ***les*** est un pronom personnel mis pour un nom (il reprend ici « écouteurs ») ; il est COD.

Ne confondez pas *les* (déterminant pluriel) *les* (pronom personnel pluriel) et *l'ai* (pronom personnel suivi du verbe *avoir*)

Exemple *Mon VTT ? Je l'ai gagné à une loterie ; mais ma moto, je l'ai achetée.*

■ Dans « je l'ai gagné », ***l'ai*** est construit à partir du pronom masculin ***le***, mis pour ***VTT***, suivi de l'auxiliaire ***avoir*** à la première personne (***ai***) ; ***l'*** est COD (comme on ne peut pas dire « je ***le ai*** gagné », il y a élision du **e** devant la voyelle ***a***, ce qui donne ***l'ai***).

■ Il en va de même dans « je l'ai achetée », mais le pronom ***l'*** mis pour ***moto*** est ici féminin. Le COD étant placé devant l'auxiliaire ***avoir***, l'accord est nécessaire, c'est pourquoi le participe s'écrit « acheté**e** ».

S'entraîner

1 ★ Dans les phrases suivantes, dites si *les* est déterminant (D) ou pronom (P).

1. Les (........) perroquets ne sont pas bavards. – **2.** Je les (.......) ai peut-être effrayés. – **3.** Les visiteurs ne les (.........) comprennent pas. – **4.** Les (.........) perroquets n'ont pas envie de parler en présence d'inconnus. – **5.** Je les (.........) comprends ; ils s'ennuient. – **6.** Il faut sans doute les (......) stimuler !

2 ★★ Complétez par *les* ou *l'ai*.

1. .... musiciens sont arrivés .... premiers ; je .... ai reçus sans savoir qui étaient .... plus connus. Ce sont .... techniciens qui m'ont présenté .... membres du groupe ; en ce qui concerne le chanteur, je .... emmené à sa loge et je .... guidé dans notre belle ville. – **2.** .... petits poissons, je .... ai mangés crus, mais le saumon, je .... cuit. – **3.** Lorsque le gorille a franchi .... grilles du zoo, je .... photographié, mais .... journaux n'ont pas voulu acheter .... photos.

3 ★★★ Dites si le pronom *l'* est féminin (F) ou masculin (M) en vous appuyant notamment sur l'accord du participe passé.

1. La carbonnade, je **l'**ai cuisinée moi-même. ....

2. Je **l'**ai capturé seule, ce renard. ....

3. Je ne **l'**ai pas dénoncée, elle était innocente à mes yeux. ....

4. Je **l'**ai vu hier soir, il partait avec son amie au concert. ....

4 ★★★ Complétez par *les* ou *l'ai* en observant le groupe de mots souligné pour vous aider.

Exemple *Ces forêts que tu découvres, je **les** connais par cœur.*

1. Les tablettes numériques que vous vendez, nous .... trouvons excessivement chères. – **2.** Ses palmes et son masque ? Elle .... a oubliés à la plage. – **3.** Son goûter ? Je .... mangé. – **4.** Cette histoire, je .... déjà entendue.

Auto évaluation Très bien ☐ Bien ☐ Pas assez bien ☐

40 Quand/quant/qu'en

→ Corrigés p. VIII

Observer et retenir

■ ***Quand*** → *lorsque, à quel moment + quand même, quand bien même.*

Exemple *Quand tu sortiras, pourras-tu acheter du pain ?*

■ ***Quant à*** → *en ce qui me, te, le... concerne.*

Exemple *Mes parents arriveront dans la journée ; quant à ma sœur, elle sera là demain.*

■ ***Qu'en*** → *que ou quoi de cela, de ceci.*
→ *que en.*

Exemples *J'ai peint un tableau : qu'en penses-tu ?*
Il me semble qu'en persévérant, tu réussirais.

■ ***Ne... qu'en*** → *seulement en, uniquement en.*

Exemple *Je ne bois qu'en mangeant.*

S'entraîner

1 ★ Récrivez les phrases suivantes en employant *quand*, *quant à* ou *qu'en* à la place des expressions soulignées.

1. Lorsqu'il fait beau, nous allons à la mer.

....

2. À quel moment viens-tu ?

....

3. Agathe partira en train ; en ce qui te concerne, tu prendras ma voiture.

....

....

4. Ton jardin est rempli de citrouilles, que fais-tu de celles-ci ?

....

....

5. Je ne sais que faire de toutes ces moules.

....

6. Je ne m'éloigne pas, je vais seulement en face !

....

2 ★★ Même exercice, mais en devinant les expressions à remplacer.

1. Lorsqu'il pleut, les escargots sortent.

....

2. Ton histoire est étrange, je ne sais que penser de celle-ci.

....

3. En ce qui vous concerne, vous irez au lit de bonne heure !

....

4. Que fais-tu de ce gâteau ?

....

3 ★★★ Complétez les phrases avec *quand*, *quant à* ou *qu'en*.

1. Les chatons ne naîtront .... juillet.
2. En ville, tout le monde parle de cet évènement : .... dit-on chez vous ?
3. .... partez-vous ?
4. N'ouvrez cette porte .... cas d'urgence.

Auto évaluation Très bien ☐ Bien ☐ Pas assez bien ☐

41 L'accord du participe passé

→ Corrigés p. VIII

Observer et retenir

Verbes non pronominaux

- Pour savoir si on accorde ou pas le participe passé, on repère l'auxiliaire :

– employé avec l'auxiliaire **être**, le participe passé s'accorde en genre et en nombre avec le sujet.

Exemple *La mer est démontée ce matin.*

– avec l'auxiliaire **avoir**, pas d'accord avec le sujet. Il faut repérer le COD (s'il y en a un, bien sûr) :

– si le COD est placé après le participe, on n'accorde pas.

Exemple *J'ai vu des baleines.*

– si le COD est placé avant le participe, on accorde celui-ci en genre et en nombre avec le COD.

Exemple *Décris-moi les baleines que tu as vues !*

Verbes pronominaux

- Avec un verbe **essentiellement pronominal** (→ fiche 19), le participe **s'accorde toujours avec le sujet**.

Exemple *Elle s'est enfuie.*

- Avec un verbe **pronominal de sens passif**, le participe **s'accorde toujours avec le sujet**.

Exemple *Ces voitures se sont bien vendues.*

- Avec les **autres verbes pronominaux** :

– quand le pronom réfléchi *se* est COD, le participe s'accorde avec le sujet.

Exemple *Elles se sont vues.*

– quand le COD est différent du pronom réfléchi *se*, le participe s'accorde avec le COD seulement quand ce COD est placé devant le verbe.

Exemples *Mégane s'est offert des fleurs.*
Voici les fleurs qu'elle s'est offertes.

Pour résumer
- Auxiliaire ***être*** : accord avec le **sujet**
- Auxiliaire ***avoir*** : accord avec le **COD s'il est placé avant le participe passé**.

S'entraîner

1 ★ Écrivez oui si les verbes sont pronominaux et non s'ils ne le sont pas.

1. Nous nous asseyons. (..................) – **2.** Je me suis aperçue dans le miroir. (..................) – **3.** Tu te plains toujours. (..................) – **4.** Tu me plais beaucoup. (..................) – **5.** Se plaît-elle ici ? (..................)

2 ★★ Écrivez correctement les participes passés des verbes entre parenthèses (il s'agit de verbes non pronominaux).

1. Vous n'avez pas *(croire)* .... bon de vous occuper de mes poules alors que je vous les avais *(confier)* .... ; elles sont toutes *(anémier)* .... et trois ont *(glousser)* .... de tristesse jusqu'à midi ! – **2.** Les coquillages que j'ai *(ramasser)* .... sont si jolis que j'ai *(décider)* .... de les offrir à mes poissons rouges. – **3.** Les salades ? Je les avais *(repiquer)* ...., *(arroser)* .... ! Mais ton père a *(renverser)* .... le désherbant qui les a toutes *(griller)* ....

3 ★★ **Employez, en les conjuguant au passé composé de l'indicatif, les verbes suivants dans des phrases d'abord au sens réfléchi, puis au sens réciproque.**

Exemple *se battre* → *sens réfléchi : Je me suis battu pour arriver en finale.*
→ *sens réciproque : Ces chiens se sont battus à mort.*

1. s'admirer → sens réfléchi :
→ sens réciproque :

2. se plaire → sens réfléchi :
→ sens réciproque :

4 ★★ **Conjuguez les verbes pronominaux des phrases suivantes aux temps composés de l'indicatif indiqués.**

1. Nos avions s'envoleront à six heures. *(futur antérieur)*

....

2. Tu t'achètes souvent des chaussures. *(passé composé)*

....

3. Les supporteurs s'emparent des meilleures places. *(passé composé)*

....

4. Vous amusez-vous bien avec nous ? *(passé composé)*

....

5. Il se voient, ils se plaisent, ils se marient. *(passé composé)*

....

5 ★★★ **Écrivez correctement les participes passés entre parenthèses (il s'agit de verbes pronominaux).**

1. Vous vous êtes *(acheté)* .... des gaufres. – 2. Des faits bizarres s'étaient *(déroulé)* .... pendant notre séjour. – 3. Nous nous sommes *(téléphoné)* .... – 4. La perdante s'est *(confié)* .... aux journalistes : « Je me suis *(aperçu)* .... de mon erreur trop tard. » – 5. Les candidats se sont *(succédé)* .... à vive allure. – 6. L'erreur qu'ils se sont *(reproché)* .... est à l'origine de l'accident. – 7. Ses disques se sont *(vendu)* .... à des millions d'exemplaires. – 8. Tes enfants se sont encore *(battu)* .... pour des broutilles. – 9. Nous nous sommes *(confié)* .... des secrets familiaux. – 10. La soucoupe volante s'est *(immobilisé)* .... et des petits hommes verts se sont *(présenté)* .... à l'agriculteur. – 11. Ils se sont *(dit)* .... des horreurs !

6 ★★★ **Accordez comme il convient les participes passés entre parenthèses.**

1. *(Posé)* .... en travers, la grande table occupait une position centrale.
2. Avant d'entrer, je cherchai mes gants ; ils étaient *(resté)* .... dans ma valise.
3. L'homme n'avait pas *(bougé)* .... ; la femme devait être *(penché)* .... sur une table.
4. Ils se sont *(parlé)* .... longuement.

Auto évaluation Très bien ☐ Bien ☐ Pas assez bien ☐

Les principales fonctions

Fonction	Exemple	Remarques
Sujet	*Le chat s'est sauvé !*	Le sujet est en général devant le verbe, mais il peut être inversé : *Le chat s'est-il sauvé ?*
Épithète	*J'ai un chat magnifique !*	L'épithète est placé avant ou après le nom (pas de ponctuation).
Attribut du sujet	*Ce chat est magnifique.* *Vous semblez très occupés.*	L'attribut est placé après un verbe d'état : *être*, *paraître*, *sembler*, *rester*, etc. Il donne une information sur le sujet.
Apposition	*Vexée, elle est partie.*	L'apposition est séparée du nom ou du pronom par une virgule ou deux-points.
Complément du nom	*C'est un chat de race.* *Raconte-nous la suite de l'histoire !*	Le complément du nom est en général lié au nom ou au GN par une préposition. Il ne s'accorde pas avec le nom ou le GN qu'il suit.
Complément de l'adjectif	*Tu es digne d'éloges.* *Je suis sûre qu'elle sera en retard...*	Le complément de l'adjectif détermine l'adjectif et ne peut pas être supprimé sans modifier le sens de la phrase. Il peut être GN, pronom, verbe à l'infinitif, proposition subordonnée.
COD	*J'aime les chats.* *Désolée, je vous ai oublié !*	Le COD se trouve le plus souvent après le verbe, sauf lorsqu'il s'agit des pronoms : *me*, *te*, *se*, *la*, *le*, *les*, *l'*, *nous*, *vous*, *que*.
Attribut du COD	*Je trouve ce gâteau délicieux.*	L'attribut du COD est mis en relation avec le COD par un verbe transitif. Il donne une information sur le COD.
COI	*Il se moque de moi...* *Je m'en moque !*	Le COI se trouve le plus souvent après le verbe, sauf lorsqu'il s'agit des pronoms : *lui*, *leur*, *nous*, *vous*. Il est introduit par une préposition (sauf certains pronoms).
Complément d'agent	*Il est aimé de tous.* *Il est admiré par tous.*	Le complément d'agent se trouve dans la phrase à la voix passive. Il est introduit par les prépositions *par* et *de*.
Apostrophe	*Hélène, range ta chambre !*	On interpelle.
Complément circonstanciel de temps (complément de phrase)	*La semaine prochaine, j'aurai mon scooter.*	Le complément circonstanciel est déplaçable et, le plus souvent, supprimable. Il se construit avec ou sans préposition. Il indique les circonstances de l'action : ici, il indique le temps et répond à la question « quand ? ».
Complément circonstanciel de lieu	*J'ai acheté mon scooter dans ce magasin.*	Le complément circonstanciel de lieu indique l'endroit où se déroule l'action. Il répond à la question « où ? ».
Complément circonstanciel de manière	*Je l'attends avec impatience.*	Le complément circonstanciel de manière indique de quelle manière se déroule l'action. Il répond à la question « comment ? ».
Complément circonstanciel de moyen	*J'ai acheté ce scooter avec mes économies.*	Le complément circonstanciel de moyen indique le moyen à l'aide duquel l'action s'accomplit. Il répond à la question « au moyen de quoi ? »/« à l'aide de quoi ? ».
Complément circonstanciel de cause	*Par tes bêtises, tu nous as fait punir ! Il est aphone à cause d'une angine.*	Le complément circonstanciel de cause indique la raison de l'action et répond à la question « pourquoi ? ».
Complément circonstanciel de conséquence	*Il est bête à manger du foin.* *Il est si étourdi qu'il s'est trompé de maison !*	Le complément circonstanciel de conséquence indique l'effet provoqué par l'action. On le trouve très souvent dans les phrases complexes.
Complément circonstanciel de comparaison	*Il est malin comme un singe.* *Il passa devant nous comme s'il ne nous avait pas vus.*	Le complément circonstanciel de comparaison souligne une ressemblance ou une différence ; il est introduit par une préposition (ou locution prépositive) dans les phrases simples, par une conjonction de subordination dans les phrases complexes.
Complément circonstanciel d'opposition	*Il se baigne malgré l'eau froide.* *Il se baigne bien que l'eau soit froide.*	Le complément circonstanciel d'opposition exprime une contradiction entre deux faits. Dans la phrase simple, c'est un groupe prépositionnel ; dans la phrase complexe, une proposition subordonnée conjonctive ou participiale.

Quelques verbes à connaître

Infinitif	Indicatif présent	Indicatif futur	Indicatif imparfait	Indicatif passé simple	Impératif présent	Conditionnel présent	Subjonctif présent	Participe présent et passé
Être	Je suis	Je serai	J'étais	Je fus	Sois	Je serais	Que je sois	Étant/été
Avoir	J'ai	J'aurai	J'avais	J'eus	Aie	J'aurais	Que j'aie	Ayant/eu
Aller	Je vais	J'irai	J'allais	J'allai	Va	J'irais	Que j'aille	Allant/allé
Faire	Je fais	Je ferai	Je faisais	Je fis	Fais	Je ferais	Que je fasse	Faisant/fait
Dire	Je dis	Je dirai	Je disais	Je dis	Dis	Je dirais	Que je dise	Disant/dit
Prendre	Je prends	Je prendrai	Je prenais	Je pris	Prends	Je prendrais	Que je prenne	Prenant/pris
Pouvoir	Je peux	Je pourrai	Je pouvais	Je pus	–	Je pourrais	Que je puisse	Pouvant/pu
Voir	Je vois	Je verrai	Je voyais	Je vis	Vois	Je verrais	Que je voie	Voyant/vu
Devoir	Je dois	Je devrai	Je devais	Je dus	Dois	Je devrais	Que je doive	Devant/dû
Vouloir	Je veux	Je voudrai	Je voulais	Je voulus	Veuille	Je voudrais	Que je veuille	Voulant/voulu
Savoir	Je sais	Je saurai	Je savais	Je sus	Sache	Je saurais	Que je sache	Sachant/su
Valoir	Je vaux	Je vaudrai	Je valais	Je valus	Vaux	Je vaudrais	Que je vaille	Valant/valu
Boire	Je bois	Je boirai	Je buvais	Je bus	Bois	Je boirais	Que je boive	Buvant/bu
Mettre	Je mets	Je mettrai	Je mettais	Je mis	Mets	Je mettrais	Que je mette	Mettant/mis
Venir	Je viens	Je viendrai	Je venais	Je vins	Viens	Je viendrais	Que je vienne	Venant/venu
Asseoir	J'assieds	J'assiérai	J'asseyais	J'assis	Assieds	J'assiérais	Que j'asseye	Asseyant/assis
Connaître	Je connais	Je connaîtrai	Je connaissais	Je connus	Connais	Je connaîtrais	Que je connaisse	Connaissant/connu
Craindre	Je crains	Je craindrai	Je craignais	Je craignis	Crains	Je craindrais	Que je craigne	Craignant/craint
Croire	Je crois	Je croirai	Je croyais	Je crus	Crois	Je croirais	Que je croie	Croyant/cru
Peindre	Je peins	Je peindrai	Je peignais	Je peignis	Peins	Je peindrais	Que je peigne	Peignant/peint
Permettre	Je permets	Je permettrai	Je permettais	Je permis	Permets	Je permettrais	Que je permette	Permettant/permis
Rejoindre	Je rejoins	Je rejoindrai	Je rejoignais	Je rejoignis	Rejoins	Je rejoindrais	Que je rejoigne	Rejoignant/rejoint
Ouvrir	J'ouvre	J'ouvrirai	J'ouvrais	J'ouvris	Ouvre	J'ouvrirais	Que j'ouvre	Ouvrant/ouvert
Tenir	Je tiens	Je tiendrai	Je tenais	Je tins	Tiens	Je tiendrais	Que je tienne	Tenant/tenu

Tableau des modes et des temps (verbes du 1er groupe)

	Indicatif	Subjonctif	Impératif	Infinitif	Participe	Gérondif
Présent	En ce moment, **je chante**.	Il faut **que je chante**.	Je te l'ordonne : « **Chante !** »	Il faut **chanter**.	**chantant**	**en chantant**
Imparfait	Tous les jours, l'an dernier, **je chantais**.	Il eût fallu **que je chantasse**.				
Passé simple	Un jour, l'an dernier, **je chantai**.					
Futur simple	Demain, **je chanterai**.					
Passé composé	Hier, **j'ai chanté**.	Je ne crois pas qu'hier **j'aie chanté**.		après **avoir chanté** (*auxiliaire à l'infinitif présent*)	**ayant chanté** (*auxiliaire au participe présent*) ou **chanté**	**en ayant chanté** (*auxiliaire au participe présent)*
Plus-que-parfait	Tous les jours, l'an dernier, j'étais content après que **j'avais chanté**.	Je ne croyais pas qu'autrefois **j'eusse chanté**.				
Passé antérieur	Un jour, je fus content après que **j'eus chanté**.					
Futur antérieur	Demain, je serai content après que **j'aurai chanté**.					
Conditionnel présent	Si tu m'accompagnais à la guitare, **je chanterais**.					
Conditionnel passé	Si j'avais été sélectionné, **j'aurais chanté** dans cette émission.					